Seres das trevas

histórias de terror

Alex Mir

Ilustrações:
Alex Genaro

1ª edição

editora draco

Sao Paulo
2016

Alex Mir
Roteirista dos álbuns *O mistério da mula sem cabeça* (Via Lettera), *Orixás - do orum ao ayê* (Nobel) e *Segundo Tempo* (Draco). Tem HQs publicadas em coletâneas como *Imaginários em Quadrinhos v. 1* e revistas independentes como *Tempestade Cerebral*, *Defensores da Pátria*, *Subversos*, *Lorde Kramus*, *Prismarte* e *Almanaque Gótico*. Ganhou o prêmio HQMix 2010, o Oscar do quadrinho nacional, como roteirista revelação.

Alex Genaro
Ilustrador dos livros de RPG *Maytréia* e *Rebelião - Ascensão e queda* e seus suplementos (Daemon), e colaborador das revistas Coquetel da Ediouro Publicações. Já teve trabalhos publicados em coletâneas como *Imaginários em Quadrinhos v. 1* e revistas independentes como *Escribas do Inferno*, *Impacto*, *Tempestade Cerebral* e *Lorde Kramus*.

Publisher: Erick Santos Cardoso
Produção editorial: Janaina Chervezan
Revisão: Clara Madrigano
Capa e arte: Ericksama

Dados Internacionais de Catalogação na Publicação (CIP)
Ana Lúcia Merege 4667/CRB7

M 671

Mir, Alex

Seres das trevas : histórias de terror / Alex Mir ; desenhos de Alex Genaro. – São Paulo : Draco, 2016.

ISBN 978-85-8243-191-7

1. Contos brasileiros I. Genaro, Alex

CDD 869.93

Índice para catálogo sistemático:

1. Contos : Literatura brasileira 869.93

1ª edição, 2016

Editora Draco
R. César Beccaria, 27 – casa 1
Jd. da Glória – São Paulo – SP
CEP 01547-060
editoradraco@gmail.com
www.editoradraco.com
www.facebook.com/editoradraco
Twitter, Instagram e Snap: @editoradraco

O presente de Camila

Ele observava aquela rua já fazia pelo menos umas três horas. De cima daquele prédio de quatro andares, estava protegido.

Alberto já se acostumara com a rotina em que tinha de viver.

Desde que começara a insurreição de mortos-vivos, não se sentia à vontade naquele novo mundo. Os sobreviventes apareciam cada vez em menor quantidade e, quando apareciam, geralmente não ficavam por mais de uma semana. Seja porque se transformavam em zumbis ou porque migravam para outras terras à procura de mais sobreviventes ou de algum lugar que não havia sido infestado pela praga.

Mas algo dentro dele lhe dizia que essa busca era em vão. Por isso, sempre ficava por ali. Ele e sua irmã. Sim, Alberto tinha uma irmã. Era responsável por ela e faria de tudo para protegê-la. Fora a última coisa que sua mãe lhe pedira antes que ele lhe cortasse a cabeça. A coitada havia sido mordida e sabia que era só questão de tempo para transformar-se e tentar comer seus dois filhos.

– Eu a protegerei, mamãe.

Tinham sido suas palavras ao executar o golpe que fizera a cabeça de sua mãe rachar ao meio enquanto uma lágrima escorria por seu rosto. Esta era a única forma de matar um zumbi. Destruindo seu cérebro. Não bastava cortar a cabeça. De alguma forma, ela continuava a balbuciar palavras ininteligíveis e só parava quando o golpe era direto na cabeça. Os sobreviventes tinham descoberto o ponto fraco das criaturas e rapidamente a notícia se espalhara. A proliferação, no entanto, era bem mais rápida. Para cada zumbi morto, apareciam mais três.

Alberto deu sorte em encontrar aquele prédio abandonado. O terceiro andar estava cheio de mantimentos. O porquê, ele não sabia. Mas não iria reclamar. Para ele, o que importava era saber que não teria com o que se preocupar por vários meses. O que era providencial, já que as ruas estavam abarrotadas de zumbis, que iam e vinham erroneamente, sem um destino definido. Pareciam aguardar pacientemente o momento em que ele teria de sair dali.

Mal sabiam eles (se é que zumbis sabem alguma coisa) que esse dia estava chegando. Alberto vigiava há três dias os arredores do prédio. Buscava uma rota que o levasse a duas quadras dali. Precisava ser um caminho em que ele não encontraria muitos problemas. Não seria fácil. Mas teria de ser menos difícil. Procurava uma clareira entre os amontoados de zumbis nas ruas, mas não achava nenhum caminho seguro. De fato, seria suicídio. Ele não poderia deixar que o pegassem. Sua irmã precisava dele. Afinal, era por ela que estava ali.

Ele analisou cada pedaço do chão. Para as distâncias maiores, utilizava um binóculo que encontrara alguns meses antes. Quase o descartara, pois seria mais uma coisa a carregar, mas via como o objeto agora estava sendo útil.

A área era predominantemente comercial. Havia poucas residências. Todas desertas. Nos galpões e nos pequenos prédios ao redor também não se via vida humana, pelo menos ele nunca notara ninguém. Mas aí já não dava para ter certeza. Poderia haver sobreviventes, pois, quanto mais alto fosse o imóvel, maior era a segurança. Dificilmente, os zumbis subiam escadas. Eles se arrastavam por elas, mas não passavam dos primeiros degraus. Foi então que lhe veio a ideia. Ele teria de ir pelo alto. Por cima. Haveria grande chance de sobreviver e chegar a seu destino se fosse pelos telhados dos prédios.

O problema era que não existia nenhum tipo de ligação entre seu prédio e o vizinho. Aquela era uma avenida que devia ter sido bem movimentada no passado. Isso ele sabia, pois o número de veículos parados na rua era grande. Os fios de alta tensão continuavam intactos. Mas nenhum ligava os dois extremos.

Os imóveis do lado direito eram mais próximos, porém, ele não via o final da avenida. Usou o binóculo. Foi então que reparou que a avenida terminava em um muro e virava à esquerda.

– Talvez se eu for até o fim da avenida, possa passar pelo muro até o outro lado e de lá seguir em frente.

Mas, de onde estava, não podia enxergar muito, mesmo com o binóculo. Teria de se aproximar.

Desceu correndo as escadas até o terceiro andar e encheu sua mochila de mantimentos. Não demoraria, pois sairia apenas para reconhecimento do local. Mas, como ainda era cedo, poderia se aventurar caso não houvesse muitas dificuldades pelo caminho. Pegou também uma machadinha e a segurou firme na mão direita. Havia muito deixara de usar armas de fogo, pois reparara que o barulho acabava atraindo mais zumbis para ele. Eles eram lentos. Se estive em um campo aberto, fugiria facilmente. Na cidade, porém, a coisa complicava. A concentração de zumbis era maior.

Pensou em se despedir da irmã, mas achou melhor não incomodá-la. Ela sabia para onde ele estava indo.

* * *

Passar o primeiro obstáculo foi fácil. O prédio vizinho era praticamente no mesmo nível do seu. O seguinte já estava em um nível mais abaixo. Para descer, Alberto utilizou uma corda com um gancho na ponta. O próximo prédio, apesar da pouca distância que os separava, era mais alto. O rapaz teve de escalá-lo.

E assim, entre subidas e descidas, chegou ao muro que avistara com o binóculo. O sol já estava bem acima de sua cabeça, indicando metade do dia. Ele entrou pela janela do último prédio para alcançar a janela que ficava na mesma altura do muro. O local estava deserto, como ele previra. Pela janela, com um pouco de esforço, conseguiria subir no muro sem ter de encarar os zumbis que se aglomeravam logo abaixo.

Alberto subiu ao topo do muro sem maiores dificuldades. À sua frente, viu o que seria uma antiga estrada de ferro, com alguns zumbis perambulando por lá. Sorriu. Qualquer dia voltaria para explorar o lugar.

A avenida continuava seguindo o muro até onde o rapaz enxergava. Olhou para trás e imaginou a dificuldade em voltar a partir daquele ponto só para refazer o mesmo caminho no dia seguinte.

– Vou continuar – decidiu.

Os zumbis, dos dois lados do muro, já tinham percebido sua presença e esticavam os braços na tentativa de pegar-lhe o pé. Ele precisaria de muita concentração para cruzar o caminho estreito, torcendo ainda para que os tijolos estivessem bem firmes.

Um pé após o outro. Os braços abertos para equilibrar o corpo franzino. À sua esquerda e à sua direita, uma horda de zumbis prontos para devorá-lo. Alberto estava na metade quando seu pé derrapou no musgo espalhado naquele trecho. Ele escorregou e caiu do lado da ferrovia, para satisfação dos zumbis que tentavam agarrá-lo.

Suas costas bateram contra o chão de terra. Por sorte, a mochila absorveu boa parte do impacto. O rapaz ignorou a dor e se levantou com rapidez. Os zumbis vinham cambaleantes em sua direção. Ele se afastou do muro, correu até ele e tomou impulso para subir novamente. Seus dedos, no entanto, escorregaram e o rapaz voltou ao chão.

Aflito, achou melhor fugir dali. Acabou trombando com um morto-vivo e continuou correndo rente ao muro, direto para uma área de vegetação alta. Precisava sobreviver. Tinha uma missão a cumprir. Pela sua irmã. Não poderia morrer. Não agora. Não antes de chegar a seu destino.

Lembrou-se da corda, mas também se lembrou de como fora idiota. Deixara a corda pendurada, esquecida lá atrás, na ânsia de atravessar mais rápido o muro. A vegetação atrapalhava sua visão. Poderia a qualquer momento tropeçar em um zumbi que estivesse sentado ou deitado ou fosse um pouco mais baixo. Nunca havia pensado em um zumbi anão.

Adiante, havia um vagão de trem tombado.

– Ele está na altura do muro...

Agilmente subiu em cima do vagão e, por fim, alcançou o muro. Surpreso, descobriu que percorrera o mesmo trajeto que teria percorrido se não tivesse caído. Faltavam apenas três metros, que concluiu com cuidado redobrado.

O muro terminava de modo perpendicular a outro. Além deles, havia uma rua. E com mais zumbis. O local aonde deveria ir estava próximo. Ele o vira, com a irmã, havia poucos dias. E fora quando prometera a ela que voltaria.

O odor de podridão impregnava o ar. O rapaz não entendia como aqueles seres, que se amontoavam atrás dele para tentar alcançá-lo, conseguiam existir. Estavam mortos, mas também estavam vivos, alimentando-se de carne fresca. Curioso, não existia canibalismo entre eles... De qualquer forma, Alberto não pretendia ficar muito tempo parado ali, igual a uma refeição tentadora para os esfomeados que o tinham sob mira.

Em breve, o sol baixaria e o deixaria na penumbra. Há muito a eletricidade não funcionava, ou não tinha mais ninguém vivo e preocupado em acender as luzes ao anoitecer. Os zumbis da rua caminhavam a esmo. Alberto sabia que a irmã tinha medo do escuro. Precisava voltar antes que anoitecesse. Então, estufou o peito, encheu-se de coragem e desceu o muro, com muito cuidado para não chamar a atenção. Depois, saiu correndo, desviando-se dos zumbis.

Mas se há uma coisa que zumbis sempre têm é fome. E eles sentem uma fome insaciável, ilimitada. Apesar de serem lentos, possuem uma percepção apuradíssima. Ao notarem a fuga do rapaz, eles logo perceberam o óbvio, mais por instinto do que por inteligência.

Alberto conseguiu se livrar de alguns que se colocavam à sua frente, empurrando-os com força. Evitava usar a machadinha. A loja estava próxima. Para piorar sua vida, três zumbis estavam parados na porta, como se o esperassem. Não dava pra passar. Com pressa, o rapaz ergueu a machadinha e golpeou violentamente um dos zumbis, que parecia um clone do Raul Seixas, com jaqueta de couro e tudo. Com mais dois golpes certeiros, ele tirou os outros dois do caminho.

Forçou a porta, mas ela não abriu.

– Idiota! Você não contou com isso. Precisava ter previsto tudo!

Mais zumbis se aproximavam. Se quebrasse a vitrine, ficaria cercado lá dentro. Olhou pra cima. Nada em pudesse se agarrar para subir. Não a tempo.

– Foda-se!

Estourou a vitrine. Entrou voando para pegar logo o que fora buscar e sair o mais rápido que pudesse, pois logo o local estaria infestado de zumbis.

Percorreu um corredor atrás do outro. Vez ou outra encontrava um zumbi perdido, vítimas que tinham se escondido na loja e acabaram morrendo lá dentro.

Não conseguia encontrar o que procurava. O desespero começava a tomar conta de Alberto. *Por que eu tinha de vir aqui?*, pensava, bastante arrependido. Os zumbis continuavam em seu encalço. Foi quando o rapaz já não tinha mais esperanças que viu o que tanto buscava. Lá estava *ela*. Eufórico, correu até a prateleira e agarrou a caixa. Escapou para uma escada nos fundos da loja, pulando os degraus de dois em dois. Atravessou uma porta que estava aberta e, a seguir, fechou-a.

Parou por um momento, encostado a uma parede, para respirar e verificar se não se confundira na correria. Mas não. Era *ela* mesma. Colocou a caixa em sua mochila e olhou ao redor. O cômodo era iluminado por uma janela não muito grande, mas o necessário para ele passar. Reforçou a segurança da porta com uma mesa e empunhou sua machadinha. Tinha de sair dali.

* * *

Voltar para o prédio de quatro andares não foi fácil. Quando Alberto chegou, já não era mais dia, o que, com certeza, dificultara e muito seu retorno.

Mas ele estava feliz. Conseguira trazer o que sua irmã mais desejava. Fazê-la feliz o fazia feliz. Ele só tinha a ela e ela, a ele. E seria capaz de tudo para vê-la sorrir. No quarto que servia de esconderijo para os dois, ela o esperava.

– Desculpe a demora, Camila. Mas eu consegui. Como você queria. Olha só.

Com cuidado, o rapaz retirou a caixa da mochila. A menina quis se aproximar, mas a corrente que prendia seus tornozelos a uma mesa a impediu.

– Foi mal, maninha. Não calculei bem a distância.

Ele deu dois passos e esticou os braços para que Camila pudesse, num gesto desesperado, agarrar a caixa. Uma boneca, aquela que a menina tanto sonhou ter um dia. Mas ela não a via mais com os mesmos olhos. Já não tinha sonhos. Tudo o que queria era matar sua fome. Insaciável, ilimitada. Ávida, sua boca apodrecida arrancou o papelão da caixa, visando morder a boneca.

Fora de seu alcance, Alberto se sentou no chão apenas para observá-la, satisfeito.

– Agora você está feliz – sorriu.

Viagem ao mundo dos mortos

Os fios saíam da máquina e terminavam no corpo de Télio. Fausto fazia os últimos preparativos.

O rapaz soubera das pesquisas do médico e se oferecera como cobaia do projeto. Contara suas reais intenções e logo fora aceito.

– Doutor, será que eu vou encontrá-la? – perguntou, já sentindo o efeito sonífero das drogas.

– Claro que vai. Será como das outras vezes, lembra? Só que agora você irá mais longe.

Enquanto conversava, Fausto digitava algo no teclado.

– E se der algo errado?

– Eu trago você de volta. Estarei acompanhando todos os seus sinais vitais daqui. Se der algum problema, suspendemos a viagem.

Os olhos da cobaia ficavam cada vez mais embaçados.

– Vou aplicar agora o emulador – avisou o médico, enquanto injetava-lhe um líquido amarelo na veia. – Você sentirá seus olhos ficarem cada vez mais pesados. Apenas relaxe e deixe fluir.

Não demorou muito para tudo enegrecer. Télio não perdeu os sentidos. Sentiu-se flutuando na escuridão. Era a mesma sensação de pular de um paraquedas no breu total. Ele não via nada, mas sentia.

E não era uma sensação boa. Mesmo que já tivesse passado por isso algumas vezes, nunca se acostumava. Mas era necessário. Tinha de ver sua amada pela última vez.

Aos poucos, a sensação da chegada. Seu corpo não mais flutuava.

O lugar parecia o cenário de um filme sobre o fim do mundo. O terreno era bem acidentado e o céu, negro.

Havia outras pessoas. Todas mortas, ao contrário do rapaz. E confusas.

Télio, experiente nessa parte da viagem para o além-vida, olhou ao redor e identificou o caminho.

Algumas almas, vendo sua desenvoltura, começaram a segui-lo. Uma multidão foi se formando atrás dele. No início, ele estranhou a situação e tentou explicar o que estava acontecendo, mas acabou desistindo. Sua missão ali era outra. Tinha de encontrar sua amada. A cada *viagem,* ele chegava mais longe. Desta vez não só deveria ir mais longe: deveria ir além.

Uma garotinha tirou Télio de seus pensamentos, puxando-o pela manga da camisa.

– Moço, pra onde a gente está indo? – perguntou ela. – Moço, por favor, diz onde está minha mãe.

Ela era pequenina e aparentava ter, no máximo, seis anos. O rapaz sentiu um nó no estômago. Como diria àquela garotinha que estava morta e que não voltaria a ver a mãe?

– Qual o seu nome?

– Iara.

– Você lembra o que estava fazendo antes de acordar aqui?

Ela balançou a cabeça negativamente. Télio, então, inclinou-se e apoiou a mão em seu ombro.

– Iara, vamos continuar andando, tá bom? Tenho certeza que depois que atravessarmos o rio, tudo vai melhorar.

– Minha mãe vai estar lá? Depois do rio?

– Não sei. Só posso dizer que as coisas serão melhores.

– Tá bom.

* * *

Após algum tempo, alcançaram um penhasco, um cenário já conhecido pelo rapaz. Lá embaixo, à beira de um rio tão negro quanto o céu, estavam várias almas. Um pequeno barco ia e voltava para a outra margem, oculta por uma espessa neblina.

Seu condutor era um ser alto e um tanto curvado. Uma capa impedia que qualquer parte de seu corpo fosse mostrada, exceto as cadavéricas mãos. A cada viagem, ele sempre levava seis pessoas, todas escolhidas a dedo, entre a multidão que o aguardava. O que precisava ser feito para ser escolhido ou o que havia do outro lado era uma incógnita.

Logo que o grupo que Télio guiava sem desejar chegou à margem do rio, Iara foi uma das escolhidas para embarcar, o que tranquilizou o rapaz. Havia uma última vaga no barco para aquela viagem. Então, num movimento ágil, ele segurou o braço do barqueiro antes que este escolhesse o sexto passageiro. Não poderia perder aquela oportunidade.

– Por favor, leve-me com você.

A reação do outro foi olhar primeiro para a mão do rapaz e só depois encará-lo. Não se via nada por debaixo do capuz. Com rispidez, ele se libertou e, curioso, analisou quem ousara tocá-lo. Algo na voz de Télio chamara sua atenção. Era uma voz decidida. Não pertencia a um morto.

E há muito, muito tempo, ele não escutava a voz de um vivo.

Num movimento lento, o barqueiro apontou o dedo indicador direito para o rapaz.

– Você – disse, numa voz rouca. – Quem é você?

– Meu nome é Télio. Eu preciso ter um último momento com minha noiva. Por favor.

O dedo do barqueiro se moveu de um lado para o outro, numa negativa.

– Não é permitido. Você não pode passar. Apenas os mortos que foram sepultados podem prosseguir. E não há volta.

Ele já se virava para entrar no barco quando, num ímpeto, Télio se pôs à sua frente.

– Mas você precisa me ajudar! Sei que tem um jeito. Vim até aqui para vê-la sem nem mesmo ter morrido. Isso tem de valer alguma coisa! Se você não me levar, eu vou nadando.

Havia um motivo para ter um barqueiro fazendo a travessia do rio. Aqueles que ousavam nadar em suas águas negras nunca mais eram vistos.

– Garanto que não conseguirá chegar ao outro lado.

– Então me ajuda! Olha essa corrente de ouro – disse o rapaz, tirando a peça que pendia ao redor de seu pescoço. – É dela! Seu nome é Suzana. Fica com você em troca da minha passagem...

O barqueiro, em dúvida, estudou a joia.

– É ouro puro. Pode ver – insistiu Télio, esperançoso.

O barqueiro, rápido, pegou a corrente e deu meia-volta para embarcar.

– Você vai me levar?

– Não – respondeu ele, secamente. – Fique aí. Você não pode seguir.

– Desgraçado! Devolva a corrente. É só o que tenho da Suzana!

Mas não adiantou. Já no barco, o ser começou a remar. Desolado, Télio sentou-se no chão. A qualquer momento, Fausto poderia tirá-lo dali. Mas ele não podia desistir. Não agora. Estava perto de encontrar Suzana. Ficaria o tempo que fosse necessário para convencer o barqueiro a levá-lo.

* * *

Algum tempo depois, o barco retornou para buscar mais almas. Pacientemente, seu condutor remava. E não vinha sozinho. Foi então que o rapaz a viu. Era Suzana. Sua amada Suzana. Antes mesmo de o barco encostar junto à margem, os dois já estavam abraçados. O beijo foi demorado.

– Você veio ficar comigo? – perguntou a jovem. – Que saudade de você! Estou num lugar tão horrível... Espero que me deixem aqui com você.

– Você não sabe o quanto esperei por esse momento! Mas não posso continuar e nem tirar você daqui. Eu não morri. Estou vivo. Não tenho tempo para te explicar como cheguei aqui. Só preciso que me dê uma informação.

– Que informação?

– Lembra quando o Jaques não queria deixar a poeira baixar e pegar logo toda a parte dele do roubo do banco? Discutimos, teve um tiroteio e vocês dois morreram. Só você sabia onde o dinheiro estava escondido. Me diz: onde está?

– Eu... eu não lembro... Você só veio aqui por causa do dinheiro?

– Não. Também vim te ver, mas eu preciso dessa grana. Se você me ama mesmo, me diz onde ela está.

– Está... Lembro que peguei a grana e coloquei... Está enterrada em Goiânia.

– Que lugar de Goiânia?

– Na casa da minha prima. Lembra dela?

– Claro que lembro!

Sem sequer se despedir, Télio refez correndo o caminho de volta. Um rápido olhar, ao chegar ao penhasco, registrou Suzana, furiosa, sendo arrastada pelo condutor de volta ao barco.

* * *

Fausto aguardava com ansiedade. De repente, os níveis de adrenalina de Télio subiram vertiginosamente. Era o sinal. Ele tinha de trazê-lo de volta. Após apertar botões e digitar alguns comandos no teclado, os níveis se equilibraram. Aos poucos, Télio retornava.

Impaciente, Fausto o chacoalhou.

– Acorda! E aí, como foi?

– Eu consegui, doutor. Está enterrado na casa da prima dela, em Goiânia. Tá perto. Vamos lá e...

Antes que terminasse a frase, foi tomado novamente pela sonolência. Confuso, o rapaz girou os olhos para o seu antebraço, para o ponto exato em que o médico injetava o conteúdo de uma ampola.

– Adeus, Télio – sorriu Fausto.

Quando o coração do rapaz, enfim, parou, o médico começou a tirar as luvas, apressado, imaginando qual seria o horário do próximo voo para Goiânia.

Quanto a Télio... Suzana não estaria nem um pouco feliz quando o reencontrasse na eternidade.

O quarto da porta de aço

Geraldo tinha uma rotina da qual se orgulhava. Chegava do trabalho exatamente às dezoito horas, tomava seu banho que durava exatos quinze minutos e preparava seu jantar que, geralmente, não lhe tomava mais que uma hora.

Pode parecer chato para a grande maioria das pessoas, mas Geraldo gostava dessa rotina. Mantê-la lhe dava um grande prazer. Era o que lhe dava a impressão de uma vida normal.

Ele gostava de pensar assim. Talvez, se continuasse a pensar desta forma, esqueceria do real motivo que o mantinha ali, encarcerado dentro de sua própria vida.

Carne.

Não pense o leitor que Geraldo era um vegetariano recém convertido que procurava a todo custo ficar longe da tentação de comer um pedaço de uma suculenta carne vermelha.

Pelo menos não carne animal.

O martírio de Geraldo estava nas noites de lua cheia. Todos os outros dias eram um ritual de preparação para aquelas intermináveis noites onde a lua brilhava inteira no céu.

Geraldo se tornou vítima da maldição quando acampava na serra da Mantiqueira com alguns amigos. Ele fora mordido por um lobo e, desde então, mantinha uma disciplina que tem como único intuito não atacar seres humanos. O desejo era incontrolável, por isso, preparou um cômodo especial em sua casa para ficar nas noites em que se tornava lobisomem. Um quarto de quatro metros quadrados sem janela. A porta era feita de aço e totalmente revestida de prata. Ele não tinha total consciência de quando estava transformado, mas podia se lembrar da dor que sentia só de tocar a porta.

Nas noites de lua cheia, ele se trancava dentro do quarto e aguardava. Apenas aguardava. Quando uma dor lancinante parecia rasgar suas entranhas, ele sabia que havia começado. Não se lembrava do que vinha a seguir. Seus ossos atingiam proporções maiores que o normal. Os pelos tomavam conta de seu corpo. Os caninos apareciam.

Começava então a auto flagelação. A fera se jogava insistentemente contra as paredes na inútil tentativa de sair à caça.

A fúria só cessava quando já estava amanhecendo.

O fato de nunca ter devorado um ser humano era motivo de orgulho para ele. Ele sentia que a fera nele ainda não havia tomado o controle. Antes da adaptação do quarto, ele era obrigado a se isolar na mata e torcer para que nenhum humano cruzasse seu caminho. Deu certo enquanto ele precisou.

Mas agora havia um fator que colocava toda a rotina de Geraldo em perigo. Um fator que por si só já lhe trazia um risco enorme. E não só para ele.

Para ela também.

Sim, Geraldo estava apaixonado. Pela primeira vez em sua vida ele estava perdidamente apaixonado.

Marina era seu nome. Uma linda ruiva de cabelos encaracolados, elegante em sua forma de andar, com um corpo que chamava a atenção por onde passava. E foi amor à primeira vista.

Mesmo que Geraldo evitasse a todo o custo manter um relacionamento com Marina, ela investia pesado na conquista dele. Chegou até a pensar que Geraldo não gostava de mulheres. Ora. Todos os homens dali queriam ter algo com ela, mas quem ela queria não lhe dava a mínima.

Geraldo também a amava. Por que ele a evitava? Sua maldição. Como ele poderia amar Marina plenamente se nas noites de lua cheia se transformava num animal assassino sedento por carne fresca e humana?

Tantas foram as investidas da garota que um belo dia Geraldo jogou toda sua rotina pro espaço. E Marina já estava mesmo desistindo. Ele daria um jeito. Poderia viver assim. Poderia.

Não demorou muito para os dois assumirem seu amor. Não desgrudavam um do outro. Ele só tinha dificuldade em explicar seu sumiço nas noites de um certo período do mês, mas logo inventou um curso que lhe dava o álibi necessário para se trancar em seu quarto sem perguntas da namorada.

Seis meses se passaram. O relacionamento dos dois estava indo de vento em polpa.

Mas uma coisa incomodava Marina: Geraldo nunca a levara até sua casa. Ou ele ainda não confiava nela o bastante ou lhe estava escondendo alguma coisa. Seria uma esposa? Não. Ela já teria percebido.

– Estou com vontade de fazer uma coisa hoje – diz ela despretenciosamente.

– O quê?

– Que tal irmos para sua casa depois do trabalho? Posso preparar um ótimo jantar pra nós dois.

Geraldo titubeou, mas não podia deixar transparecer sua preocupação. Ele não queria perder Marina, mas também não poderia revelar seu segredo, o que conseqüentemente também o faria perdê-la.

Como a próxima lua cheia seria a dois dias, que mal teria em levar sua amada até sua casa? Bastava não lhe deixar entrar no quarto-prisão. Ele aceitou.

– Nossa! Como você é organizado! – diz Marina surpresa com a limpeza e organização em que se encontrava a casa de seu namorado. Geraldo fez questão de preparar o jantar. Marina também se encantou com os dotes culinários dele. A noite transcorrera normalmente. Pela primeira vez amaram-se loucamente naquela cama. E tudo continuaria muito bem, não fosse aquele sentimento que as mulheres insistem em ter nas piores horas possíveis. A curiosidade.

Marina acordou cedo, como já lhe era de costume. Estranhou o lugar ao abrir os olhos, mas logo se lembrou que estava na casa do namorado. Caminhou até o banheiro, passando rapidamente pela sala muito organizada e limpa.

Ao retornar, algo chama sua atenção. Algo que ela não notara estar ali antes. Uma porta de aço. O que seu namorado guardaria atrás de uma porta de aço? Com passos lentos, se aproximou da porta. Havia uma maçaneta e um contador digital na parte superior. Ela pega na maçaneta.

Um frio percorre sua espinha.

– O que você faz aqui?

Ela se vira assustada, com a mão no peito, respirando rapidamente. Geraldo estava atrás dela. Ela nunca tinha visto o namorado daquele jeito. Seu olhar era assustador.

– E... eu... nada... desculpe, eu...

Geraldo a abraça fortemente. Ela tenta entender o que acabara de acontecer com ele.

– Não! Desculpa se te assustei, amor! Só me promete que nunca mais vai chegar perto dessa porta.

Ele estava assustado. E a rapidez com que Geraldo passara da cólera para o medo assustou Marina.

– Claro, Gê. Mas porque...

– Sem perguntas! Só promete, por favor! – diz ele com a voz embargada.

– Tá bom. Eu prometo.

Os dois se soltaram. O resto do dia Geraldo agiu normalmente, como se nada tivesse acontecido. E Marina também. Mas o que ele não sabia é que tinha despertado um monstro horrendo e implacável, que só estaria saciado após conseguir o que queria. Um monstro mais terrível que ele próprio quando lobo. A curiosidade de Marina. E todos sabemos que não é muito sadio para uma relação atiçar a curiosidade de uma mulher, mesmo que por querer. É como cutucar a onça com vara curta.

Marina sabia que Geraldo estaria no curso naquela noite. Despediram-se como faziam todos os dias. Marina não tocara mais no assunto e para Geraldo ele estava encerrado. Ela sabia que teria que esperar até as sete horas da noite, quando teria certeza que o namorado já estivesse em sala de aula. Ela queria saber quais segredos aquela porta guardava.

Foi fácil pegar o molho de chaves no armário dele e tirar cópias. Ele confiava nela. E isso doía fundo em sua alma, mas tinha que descobrir o porquê daquela reação de alguns dias atrás. Amava-o e queria casar-se. Geraldo era o amor de sua vida. Mas não podia admitir que tivessem segredos um para o outro.

A casa estava toda escura. Com certeza, Geraldo estava em seu curso. Qual curso era mesmo? Não se lembrava. Na verdade, não sabia nem mesmo se já havia lhe dito. Ela não se importara, até aquele momento.

Ela rodou a chave na fechadura e abriu a porta lentamente. Não acendeu a luz. As janelas deixavam a fraca luz da lua cheia entrar. Não era muito, mas ela não queria chamar a atenção dos poucos vizinhos. Eles poderiam saber que o dono não estava e achariam estranho alguém dentro de casa. A última coisa que ela queria era se envolver com a polícia ou ter que explicar ao namorado o que fazia em sua casa.

Marina passa pela cozinha com cuidado para não esbarrar em nada. Logo ao entrar na sala, pode ver o azul néon do contador da porta. Ele marcava um número em contagem regressiva.

O mecanismo de funcionamento da porta era de todo modo simples. Após Geraldo entrar no cômodo, um timer pré-programado iniciava a contagem, que só findava na parte da manhã, quando ele voltava ao normal e a porta se destrancava. Não havia modos de abril a porta por dentro. Apenas por fora. E é aí onde estava o calcanhar de Aquiles do mecanismo. Qualquer pessoa poderia abrir a porta por fora. E Geraldo nunca se preocupara com isso, já que morava sozinho e nunca recebia visitas. E, com certeza, não esperava que Marina fosse capaz de fazer aquilo que, mal sabia, ela tinha feito.

Várias coisas passaram pela cabeça de Marina quando ela tocou a maçaneta. O que ela encontraria ali? Seriam os pais de Geraldo, trancados como dementes? Ou seria seu amado um *serial killer* e aquele local era onde ele cortava os corpos em pedaços para depois desová-los em um rio qualquer? De repente ela se deu conta de como o que estava fazendo era perigoso. Ela se virou para ir embora, mas parou e decidiu retomar de onde parou. – Afinal, o que pode ter de tão terrível aí dentro? – sussurra ela.

Na esperança de ouvir algo, ela coloca seu ouvido junto à porta. Ouve alguns sons difíceis de se entender, pois estavam distantes.

– Parecem grunhidos ou algo rastejando. Será que o Gê guarda algum animal proibido aqui?

Ela tinha que descobrir. Não foi tão longe para voltar atrás agora. Ela força a maçaneta para baixo e vê o contador parar. Seu coração parece querer sair pela boca. A porta vai se abrindo lentamente. Imediatamente, um cheiro insuportável vem de lá de dentro. Ela dá uma passo para trás, protegendo o nariz com seu antebraço, mas o cheiro parece já estar impregnado nela.

De repente, Marina vê na escuridão do cômodo um par de olhos brilhando. Seu coração palpita e uma angústia tomava-lhe conta. Mais por instinto de sobrevivência do que por qualquer outra coisa, ela corre no escuro, sem saber o que corre velozmente em seu encalço. É quando sente as garras em suas costas, forçando-a contra o chão violentamente.

O monstro que agora é Geraldo vacila por um momento, talvez

reconhecendo seu amor. Seu focinho encosta no pescoço de Marina. Ela vê quando ele mostra seus dentes. Um líquido viscoso desce por eles.

Por mais que Geraldo não quisesse, o animal toma-lhe conta. De uma só vez, a criatura crava os dentes no pescoço de Marina. O gosto da carne macia inunda o corpo monstruoso. Ele se deleita com cada esguichada de sangue.

Aos poucos, o corpo é destroçado, numa dança macabra e sem ritmo. Logo, a essência de Marina estava escorrendo pelas paredes ou espalhadas pelo chão da casa.

Ainda mastigando, ele olha pela janela. A lua o observava e parecia chamá-lo.

Com um salto, ele atravessa a janela e fica frente a frente com ela. Como se respondesse ao chamado, ele uiva para a lua. O monstro lhe tomara conta.

E não havia mais nada que se pudesse fazer.

O vampiro paulista

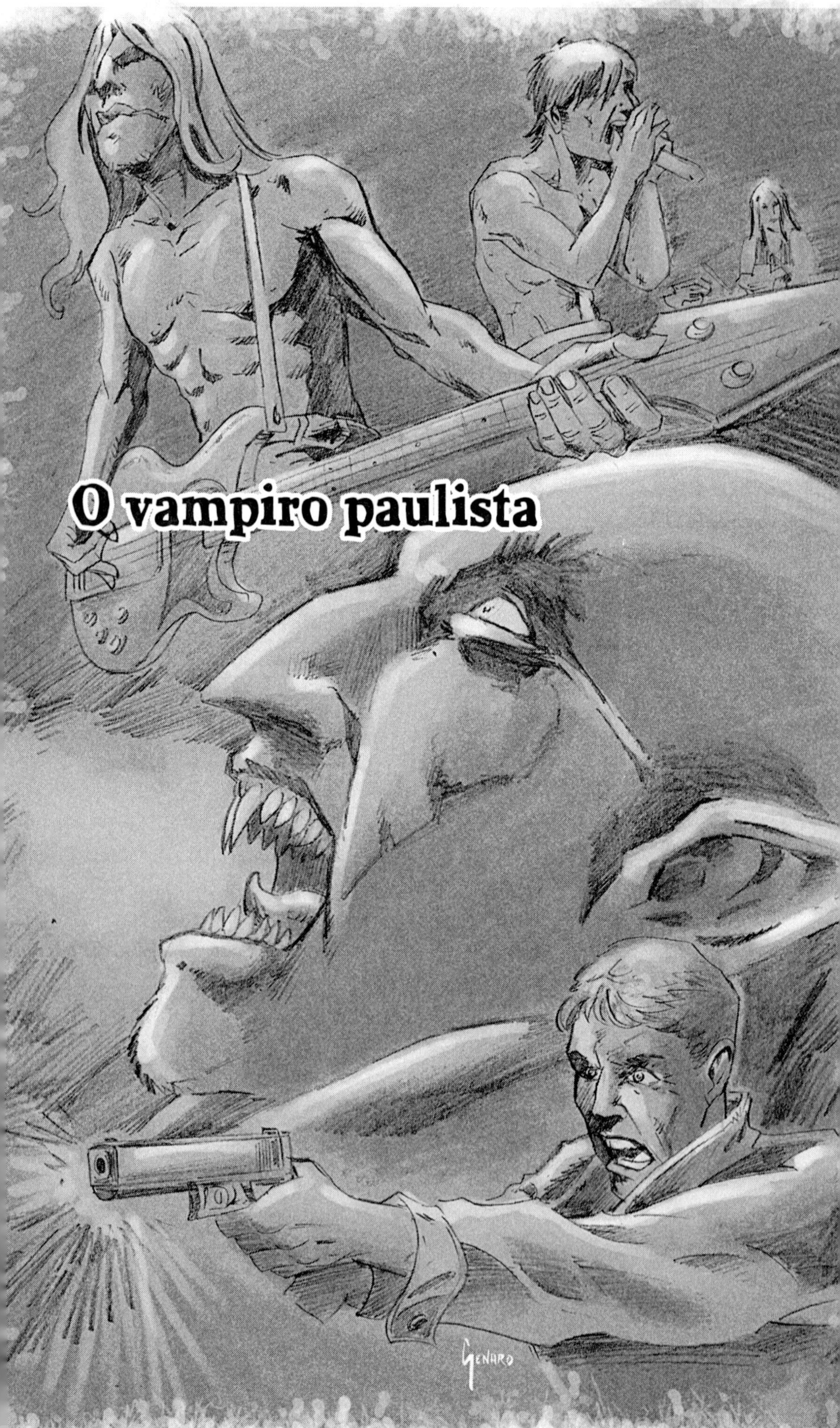

Sábado, vinte e duas horas. Hoje terá show da banda *Blood* no Star Bar, um cultuado barzinho de Moema. Mas não estou aqui por diversão. Garotas têm sido assassinadas na noite paulista e, coincidência ou não, sempre tem um show do *Blood* por perto.

O *Blood* é uma banda de hábitos esquisitos. Dizem que durante os shows, a banda toma taças de um líquido vermelho e viscoso. Esse tipo de lenda transformou o *Blood* na maior banda do cenário independente paulista. Todas as casas de show querem que a banda toque em seus palcos, já que é garantia de público.

Passo pela multidão. Não quero chamar atenção, por enquanto. Compro uma entrada e entro no recinto. O ambiente é bem *dark*.

A casa está cheia. Subo as escadas que vão dar em um corredor iluminado por luzes azuis. Um homem enorme me para.

– Daqui só passa com a credencial!

– Serve essa? – mostro meu distintivo.

– Pode ir.

Passo pela *barreira* ambulante e vou na direção da porta do camarim. Dou três batidas na porta. Aguardo um pouco e quando já preparo outra batida, a porta se abre.

Mito, o vocalista da banda, é quem me atende.

– O que você quer?

– Detetive Selmo, da polícia de São Paulo. Você poderia responder umas perguntas?

– Entra aí.

A recepção não foi nada calorosa. Mas, quando é? O Mito é bem estranho. Um cara pálido e antipático. Não dá para saber se é maquiagem ou não. O restante da banda está espalhado pelo camarim. Mito estica as pernas em um sofá e leva uma garrafa de vinho à boca.

– Desculpa não te convidar para sentar, mas é que todos os lugares estão ocupados.

– Serei rápido. Vocês estão sabendo do serial killer que anda atuando em São Paulo?

Maurinho, o baterista é quem fala.

– Não vemos TV, policial. Nosso negócio é outro.

O cheiro de álcool e drogas é inebriante. Mito se levanta e acende um cigarro.

– A pergunta é: *o que temos a ver com isso?*

– Por enquanto, nada. Na verdade, todas as mortes aconteceram próximas aos locais em que vocês estavam tocando. De repente, podem ter visto algo. Um fã que está em todos os shows, não sei.

– Não vimos nada, policial. Não sei se você já reparou, mas nossos shows estão sempre lotados e vem muita gente estranha. Temos um fã clube que está em todos os nossos shows. Se o tal *serial killer* apareceu por aqui, não temos como saber.

Antes que eu possa fazer mais uma pergunta, a porta se abre. É Viriato, o empresário da banda.

– Vamos lá, rapazes! Três minutos para entrar no palco.

Saio do camarim do jeito que entrei. Sem respostas. O jeito é aproveitar o show.

Não é a toa que os caras são adorados. O som, as roupas, a presença de palco. A performance do vocalista é energética. Sua voz estridente lembra muito a de Axl Rose, vocalista do Guns N'Roses. Encosto no balcão e peço um whisky. Olho à minha volta todos aqueles jovens esquisitos. Uma dessas garotas pode ser a próxima vítima do vampiro paulista. Vampiro? Desculpe, não contei esse detalhe. Todas as garotas assassinadas tinham marcas no pescoço que se assemelham muito a dois dentes. Quase não havia sangue nas vítimas. Daí o apelido *vampiro paulista*, dado pela mídia. Se eu acreditasse em vampiros...

Demorou para eu ligar os assassinatos ao *Blood*. Eles acontecem a poucas quadras das casas de show. Coincidência? Não acredito em coincidências.

Algo me diz que vou encontrar respostas esta noite.

No meio do show, algo me chama a atenção. Mito pega uma garrafa com um líquido vermelho. Seria sangue? Ele faz um brinde ao público e toma como se fosse água.

Todos estão um tanto ocupados para me notar. Caminho na direção do banheiro, mas subo a escada à esquerda. Há um segurança, mas ele está mais interessado na mulher do balcão.

Entro no camarim com tranquilidade. Olho ao redor. Sobre uma mesa de centro, uma garrafa com aquele líquido vermelho.

Experimento. Não sei o nome disso, mas com certeza não é sangue. Marketing para vender mais CDs.

Não encontro nada. Se não são os músicos, pode ser alguém da platéia. Volto para a pista e continuo a ver o show.

Um pouco à frente, as pessoas se empurram. Briga? Não. Uma garota sai da confusão. Ela parece desesperada. Olha para os lados. Fala com as pessoas. Ninguém lhe dá atenção. Ela continua a andar, abrindo caminho por entre a multidão de jovens alucinados. Justamente nesse momento, toca uma música que mais parece a trilha sonora de um filme de terror. Não consigo ouvi-la. O barulho é enorme. Eu a seguro pelos ombros e pergunto o que está acontecendo. Saem lágrimas de seus olhos.

– Minha irmã. Ela sumiu!

– Ela não foi ao banheiro?

– Não. Ela estava conversando com um cara e, de repente, sumiu. Já procurei em todos os lugares.

– Quanto tempo faz isso?

– Uns dez minutos.

É ele. Só pode ser. Se seguir o modus operandi, deve levá-la para fora.

– Fique aqui. Vou procurá-la.

Ela não aceita, até eu dizer que sou policial. Saio o mais rápido possível do bar. Está frio aqui fora. Olho para os lados. Onde ele poderia ter ido? Lembro-me das outras vítimas. Os corpos foram encontrados em áreas sem movimento, próximas dos shows. Mesmo em um bairro movimentado como Moema, há um local que tem pouco movimento a alguns metros daqui. Atravesso a Alameda dos Maracatins em direção à Avenida Moaci com a arma empunhada. Há duas travessas antes do Shopping Ibirapuera que são desertas a essa hora. Chego à Rua Maicuru. Atravesso-a correndo, mas não encontro ninguém. Subo a Rua Miruna. Se não encontrá-los aqui, mais uma jovem perecerá. Mas estou tão perto. Não posso deixar escapar essa oportunidade. Chego à segunda travessa. Ela é escura. Entro com cuidado. Vejo alguém logo à frente, abaixado. Não consigo identificar. Chego mais perto. Uma pessoa está inclinada sobre um corpo estendido no chão. Mas que droga é essa?

– Você aí! Parado!

Ele se vira. Apesar do escuro vejo nitidamente seus olhos vermelhos e o brilho de seus dentes. Ouço um grunhido. Rapidamente, corre em minha direção. Eu dou um tiro, dois tiros, três tiros. Ele continua correndo. Antes que eu possa fazer qualquer movimento, o monstro já está em cima de mim. Vejo seu rosto. Eu sabia que tudo estava ligado. As garotas, os shows. Só errei os suspeitos. Todo esse tempo era ele. Viriato, o empresário da banda. Ele crava seus dentes em meu pescoço. Eu luto o quanto eu posso. Eu me debato... Mas a... Escuridão... A... Escur...

Nativos

A CARAVELA BALANÇA DEVIDO A violência das ondas. A tempestade persistia em maltratar o casco da nau São Rafael desde aquela tarde. Paulo forçava a vista contra a escuridão na tentativa de ver algum obstáculo antes do impacto iminente ou mesmo avistar terra firme. As ondas gigantescas invadiam o convés arrastando tudo o que encontrava pela frente. Paulo se agarrava ao mastro com firmeza.

Mesmo com o som ensurdecedor da chuva, podia ouvir os passos pesados se aproximando.

– Capitão! – berrava o homem a Paulo. – Capitão!

Paulo vira o rosto, mas não diz nada. Sua expressão fechada, porém, não inibe o marujo de continuar a gritar como um louco.

– Capitão! O mastro principal caiu. Estamos à mercê da sorte!

Sorte era tudo o que eles não tinham. Aquela tempestade parecia querer guiá-los para algum infortúnio. Sem a interferência de uma força maior, o destino da caravela certamente seria o fundo do oceano.

Uma onda gigantesca, maior que todas as outras, atinge a nau, empurrando-a contra uma parede rochosa cravada no meio do oceano.

A maior parte da tripulação só se deu conta do que acontecera quando já estava se debatendo nas águas revoltas do mar.

Em segundos, a embarcação fora totalmente destruída.

* * *

O capitão Paulo da Gama gozava de bom conceito perante o rei Dom Manuel I. Fora designado pelo próprio monarca para comandar uma das naus que faziam parte da frota que, em oito de julho de mil quatrocentos e noventa e sete, partiu de Portugal com a missão quase desacreditada de encontrar um novo caminho marítimo para a Índia.

O feito se deu em vinte de maio de mil quatrocentos e noventa e oito. Tudo teria sido festa, se uma forte tempestade, muito parecida com a que acabaram de enfrentar, não os tivesse separado das outras caravelas no retorno a Portugal.

Navegando por mares nunca dantes navegados, perderam-se e não mais encontraram o rumo de casa.

E agora ali estava Paulo da Gama, deitado na areia sob um sol de fim de tarde. Todo seu corpo doía. De início, pensava estar dormindo em sua cama em Lisboa. Demorou um pouco para se lembrar de tudo o que acontecera.

A sensação da areia em sua boca incomodava. Com certa dificuldade, Paulo da Gama levantou-se. À sua volta, partes da caravela espalhadas. A sensação de estar em terra firme junto à constatação do naufrágio, lhe deixara com náuseas.

Parecia estar em uma ilhota. Mais à frente, uma densa mata, onde conseguia identificar grandes palmeiras. Havia outras árvores, as quais nunca havia visto antes.

Um barulho chama sua atenção. Vem da mata. Seria algum companheiro de viagem? Sem pestanejar, Paulo corre na direção do barulho, adentrando a mata fechada, que crescia conforme ele avançava. O som de pássaros inundava o ambiente e a sensação de que não estava só crescia cada vez mais.

É quando ele ouve um farfalhar de folhas um pouco à frente. Algo se aproximava veloz.

Paulo já se preparava para o pior, quando um animal muito parecido com um porco, porém, quatro vezes maior e com dentes enormes, passa por ele como um raio, quase o derrubando.

Ainda se recuperando do susto, Paulo sente uma mão tocar seu ombro.

Num sobressalto, ele se afasta, já procurando automaticamente sua espada na bainha. Não a encontrou. *Ainda bem*, pensou ele, pois se sua espada não estivesse em algum lugar nas profundezas do oceano, a essa hora já estava enterrada no peito de João Coimbra, o piloto da nau.

– Meu capitão, que bom encontrá-lo vivo.

Coimbra se agarra ao capitão, que, mesmo feliz em rever o piloto, não tinha a intenção de retribuir o abraço na mesma intensidade.

– É muito bom revê-lo também Coimbra. Como chegou até aqui? – pergunta Afonso já se soltando do piloto.

– Ah, meu capitão. Foi Deus que me pegou pelo braço e me puxou para cima. Quando acordei, estava flutuando em um pedaço da nau, quase na praia. Que lugar bonito essa ilha, capitão. Deve ser o paraíso. Essas árvores, as frutas, as aves. Tudo nesta terra é bonito.

– Realmente, Coimbra. Não há palavras para expressar a beleza dessa ilha.

Enquanto Coimbra continua a descrever todas as maravilhas que vira desde que chegou, Paulo olha ao seu redor. Depois, olha para cima. A luz do Sol estava indo embora. Logo seria noite e precisavam de um lugar para ficar. Um lugar que os protegesse dos animais nativos.

Ao abaixar as vistas, uma visão faz com que seus pelos fiquem eriçados.

Uma garotinha nua, de tez morena e muito pequena os observava. Seu olhar era firme, decidido. Até intimidador. Por uma fração de segundo, Paulo fica sem ação com a visão da pequenina que, num piscar de olhos, corre mata adentro.

Paulo dispara atrás dela. Coimbra, que estava de costas para a garota, persegue seu capitão sem saber porquê.

– Capitão. Capitão. Onde vai com tanta pressa?

– A garotinha, Coimbra. A garotinha.

Coimbra pensava *Mas que garotinha?* – já achando que o português havia pego uma insolação daquelas.

Paulo tinha um bom físico, mas sofria para alcançar a menina, que abria uma grande vantagem à sua frente.

Coimbra já havia se perdido de Paulo. Ele continuava avançando tentando adivinhar o caminho percorrido pelo capitão.

A floresta era densa. Coimbra se desviava dos galhos baixos e abria caminho por entre as folhas.

Ao colocar um emaranhado de cipós de lado, uma grande clareira se mostra à sua frente. Paulo estava imóvel.

– Capitão?

Silêncio.

Ao chegar próximo, Cabral vê o que deixava Paulo surpreso.

Várias casas feitas de folhas e madeira formavam uma pequena vila. Tudo estava deserto. O crepúsculo dava um aspecto sombrio ao lugar.

As casas se espalhavam formando um grande círculo. No meio, uma construção maior, coberta, sem paredes. Era sustentada por colunas de madeira.

– Pensei que essa ilha fosse deserta, capitão.

– Tem algo estranho neste lugar, Coimbra. Onde está a garotinha? Onde estão os habitantes desta vila?

A pergunta fica no ar.

Os dois avançam. A pouca luz natural vem da lua, que já toma conta do céu e dificulta o reconhecimento da área.

As cabanas estavam vazias. Devido a escuridão, não se conseguia ver muita coisa.

Um vulto passa rapidamente por trás deles. Um arrepio percorre a espinha de Paulo da Gama.

Aquela sensação de que algo não estaria certo não o abandonava.

Um barulho de folhas sendo pisadas vem de todos os lados, deixando ambos confusos, procurando por algo que não estava alí.

– Capitão, a mata...

A voz de Coimbra chega tremida aos ouvidos de Paulo, o que faz com que o capitão se vire já esperando o pior.

Na escuridão da mata, entre as árvores, vários pontos luminosos vermelhos piscavam. Eram olhos. De quem, não sabiam precisar. Mas sabiam que não eram humanos.

Lentamente, aproximavam-se. Paulo e Coimbra estavam um de costas para o outro, apreensivos, nervosos e desarmados.

Nada podiam fazer, a não ser esperar. Aos poucos, as silhuetas iam tomando forma. Não aparentavam serem diferentes. Na verdade, excetuando-se os olhos vermelhos, eram tão humanos quanto eles. A pele era bronzeada. Os cabelos corridos. Homens, mulheres e crianças tinham como proteção apenas uma pintura, que tomava quase todos os seus corpos. Era uma pintura de guerra.

Paralisados com a visão, Paulo e Coimbra quase não respiram. Vêem um deles, que parece ser o líder, avançar um pouco à frente dos outros. Seu olhar frio, longe.

Lentamente, um sorriso maligno começa a se esboçar no rosto do líder. Um sorriso anormal, que ia de orelha a orelha. Seus dentes eram pontudos, serrilhados. Ao seu lado, uma garotinha. O mesmo sorriso.

O homem, alto, imponente, aponta o dedo para Paulo e Coimbra. As criaturas, ao comando de seu líder, avançam com os dentes à mostra como animais prontos a devorar suas vitimas.

Paulo e Coimbra fecham os olhos.

* * *

Em poucos segundos, as vítimas foram destroçadas. O xamã, com o corpo sujo de sangue, olha para o céu. Mais deles viriam. Não demoraria muito. Por enquanto, se contentariam em se alimentar da tribo rival.

Há poucos quilômetros dali, a nau do capitão Pedro Álvares Cabral se aproximava. O céu se fechava. Lá vinha outra tempestade.

Cobaia

Primeira semana

Uma luz intensa toma conta do quarto. Em sua cama, Carol se esforça para abrir os olhos, colocando seu braço na frente do rosto, mas tudo o que consegue ver é um vulto caminhando em sua direção a largos passos.

O grito que sai de sua garganta parece não sair por sua boca. Uma estranha sensação percorre seu corpo. Então, a escuridão retorna.

Carol acorda assustada. Daniel, seu marido, que acabara de entrar no quarto, corre para socorrer a esposa.

– O que aconteceu? – pergunta Daniel.

– Tive um pesadelo. Era tão real. Eu... Onde você estava? – Carol estranha o fato de o marido estar fora da cama àquela hora da madrugada.

– Fui beber um copo d'água. Voltei correndo quando ouvi seu grito.

Ela se senta à beira da cama. Sua cabeça dói. Carol escuta um zumbido intermitente que lhe dá a impressão de que seu cérebro está dentro de um liquidificador.

Sem dizer nada, ela se levanta e vai ao banheiro.

Décima segunda semana

Não que Carol gostasse da vida de dona de casa. Na verdade, acabou perdendo o emprego um pouco depois do casamento. Daniel não ganhava mal. O emprego em uma agência de publicidade lhe dava certa estabilidade. No fim das contas, ela se cansou de procurar emprego e começou a se dedicar apenas à vida doméstica.

A casa não era grande, o que não era ruim, já que eram apenas ela e Daniel. Moravam próximos do centro de Mogi-Guaçu.

Carol já não estava bem havia algumas semanas. Na verdade, desde o pesadelo ela se sentia diferente.

Naquele dia, estava na cozinha preparando o jantar. Entretinha-se na pia cortando tomates para a salada. Daniel adorava salada de tomates. Não podia faltar independente de qual fosse o prato principal.

Por um momento, ela até esquecera o mal estar. Cantarolava baixinho uma música de Elton John. O sobe e desce da faca era hipnotizante. Cortar já se tornara um gesto mecânico. Ela cortava e cortava e cortava. De repente, uma sensação de presença a tira do transe. Carol olha para sua imagem na janela e não mexe um músculo. Apesar de não ver o reflexo de uma segunda pessoa, ela sabia que havia alguém ali, atrás dela. O mal estar havia voltado. Sua mão, que segurava a faca firmemente contra a tábua de madeira, começa a tremer. O medo de se virar e ver algo que não queria era maior que o medo de estar de costas para um perigo iminente.

Os cabelos de sua nuca se arrepiaram. A presença estava mais perto, mais marcante. Enfrentado todos os seus medos, ela se vira apontando a faca para o nada. Não havia ninguém ali. Carol relaxa o corpo, dando um suspiro profundo. Mas a sensação ruim voltara com tudo. Sentindo seu estômago virar, ela corre na direção do banheiro. Algo não estava bem. Suas pernas ficam bambas e ela não consegue dar mais que quatro passos. Deitada no chão em posição fetal, Carol sente a mesma presença que sentira antes. Tudo fica escuro.

Aos poucos, Carol vai abrindo os olhos. Uma luz forte a cega momentaneamente, forçando-a a fechá-los novamente. Ela tenta colocar o braço à frente, mas sente que há alguma coisa pendurada a ele.

Aos poucos, seus olhos vão se acostumando com a claridade.

– Carol?

Ela demora para reconhecer a voz.

– Daniel? É você? Onde estou? – pergunta Carol eufórica. Ela enxerga apenas um vulto.

– Sim, sou eu. Te encontrei desacordada no chão da cozinha e trouxe ao hospital. O que aconteceu?

– Não sei. Estava fazendo o jantar e comecei a passar mal. Lembro de sentir um mal estar muito forte e depois tudo escureceu.

– Como você está agora? – pergunta Daniel enquanto acaricia o rosto de sua esposa.

– Melhor que antes. Mas meu estômago ainda tá revirando.

Antes que a conversa continuasse, foram interrompidos pela entrada do médico plantonista.

– E então, como você se sente?

– Enjoada, doutor. Minha úlcera deve ter voltado.

– Úlcera? Vocês ainda não sabem? Você está grávida.

Daniel e Carol se olham. Nenhum dos dois entende nada.

Trigésima semana

Uma atrás da outra, gotículas de água viajavam da rachadura no teto até o chão, formando uma pequena poça d'água.

O lodo na parede denunciava que há muito tempo ninguém morava ali.

Mas Carol não tinha outra escolha. Sem dinheiro e sem parentes próximos, foi o único apartamento que encontrara no qual o proprietário não havia pedido fiador. Além disso, o preço do aluguel não era alto.

Sua vida mudara drasticamente nas últimas semanas. Após descobrir que estava grávida, seu casamento terminou. Ela não entendia como aquilo poderia ter acontecido.

Daniel era estéril. Uma fatalidade quando ainda era criança lhe tirara toda e qualquer chance de ser pai. Portanto, explicar sua gravidez a seu marido era algo muito difícil.

Sem nenhuma piedade, Daniel expulsou Carol de sua vida.

– Vá procurar o pai de seu filho, se é que você sabe quem ele é. – dizia ele enquanto enxotava Carol não apenas de sua casa, mas também de sua vida.

De todos os seus problemas, pelos menos uma coisa boa aconteceu nos últimos dias: os pesadelos cessaram.

Talvez porque naquele momento tinha problemas bem maiores. Passara o dia procurando emprego e não conseguira nada.

Carol demorava para pegar no sono. Mas, aos poucos, a linha tênue que separa o mundo real do mundo dos sonhos é ultrapassada.

No início, total escuridão. E assim foi por alguns momentos. Até que o subconsciente de Carol começa a trabalhar. Ela vê a si mesma, de costas.

Ao se aproximar, percebe que está segurando algo. É seu filho. Será que poderia ver o rosto dele?

Nesse momento, o seu eu que segura o bebê se vira. É então que ela vê aquela criatura. Aquilo não poderia ser seu filho. Um ser horrendo. Um bebê monstro.

Sua pele era acinzentada. Os braços muito longos. Os olhos eram duas cavidades fundas e não havia qualquer sinal de pelos pelo corpo.

O bebê estende as mãos para Carol, que instintivamente acorda. O suor escorre de seu rosto. Sua respiração é ofegante.

Ela percebe então algo errado. Sua barriga começa a se mexer. Carol tem a impressão de que o que quer que esteja lá dentro está tentando abrir caminho para fora à força.

O choro interrompido por gritos revela seu desespero. Se alguém mais estivesse ali com Carol, veria algo parecido com uma cobra serpenteando por sua barriga.

Sem raciocinar claramente, Carol corre para a cozinha. A dor lancinante faz com que ela caia de joelhos no chão, próxima a pia.

Com muito esforço, Carol tateia o mármore até encontrar o que queria. A faca.

Sem se importar com a dor que poderia sentir, até porque não poderia ser maior do que a que já estava sentindo, cravou a faca em sua barriga, tendo o cuidado de acertar o monstro em cheio.

Enquanto o sangue jorrava, o corpo de Carol caía lentamente no chão.

* * *

Dois dias depois, estranhando o fato de não ter notícias de Carol e ninguém atender no apartamento, o senhorio chama a polícia.

Nenhum vestígio foi encontrado. Pelo menos não ali, naquele apartamento.

Bem acima de nossas cabeças, uma espaçonave paira no espaço encoberta pela sombra da lua.

Em um de seus muitos compartimentos está Carol, flutuando no líquido no interior de um cilindro transparente. Ao seu lado, o feto que antes estava em seu útero agora completava o restante da gestação em outro cilindro.

À sua frente, dois alienígenas já adultos observam os espécimes.

Ambos deveriam sobreviver, afinal, ainda havia muitas pesquisas a serem feitas.

Quarentena

Mulambo acorda assustado. Seu corpo ainda suava muito por causa da febre que tivera no dia anterior. Passara a noite à base de remédios.

Ele senta-se na cama, olhando para o piso de cimento rústico. Estava melhor, apesar do mal estar causado pelos remédios. Pensava que hora poderia ser. Estava tudo escuro. Nenhuma das luzes do corredor estava acesa, o que era raro já que não havia iluminação externa. *Será que acabou a energia?*

Ainda grogue, ele se levanta e caminha na direção da grade. Ao segurá-la, nota algo estranho. Parecia estar destrancada. Teria dormido tanto? As portas das celas só eram abertas às nove horas da manhã para o banho de Sol.

Ao andar pelo corredor, vê que todas as celas estavam abertas e vazias.

Seus olhos começavam a se acostumar com a escuridão. Teve a impressão de que algo estava errado. E não era só a escuridão. Era o silêncio. Não era normal aquele silêncio. Sempre tinha algo ou alguém fazendo barulho.

Não ouvia nem o barulho dos carros passando na avenida movimentada ao lado do presídio. Era possível ouvir o barulho de sua própria respiração.

Ao virar o corredor, Mulambo percebe algo vindo em sua direção. Parecia ser um dos detentos.

Oi! Quem está aí? Ninguém responde. Mulambo para e espera a aproximação do homem. *O que aconteceu, irmão? Cadê todo mundo?*

O homem soltava ruídos que mais pareciam grunhidos. De repente, aperta o passo na direção de Mulambo, que fica sem saber o que fazer. Instintivamente, o pega pelo colarinho e o joga no chão, caindo sobre ele.

O que tá acontecendo, porra! Tu é doido? Mas tudo o que o homem era capaz de fazer era grunhir e tentar mordê-lo. *Mas que porra é essa?* Ao ver a face do detento, ele se afasta assustado. Sua boca estava cheia de sangue e a parte direita de seu rosto estava sem um pedaço que ia da boca até os olhos. Mulambo corre com o monstro em seu encalço.

Mais à frente, ele chega em um corredor um pouco mais largo e que dava no refeitório. Pode ver pelos pequenos vitrôs no auto das paredes que ainda era madrugada. O local era um pouco menos sombrio, já que a luz do luar adentrava o recinto.

Por um momento, ele até esquece que estava sendo perseguido. À sua frente, vários corpos caídos. Carcereiros e presidiários. Todos mortos.

Um barulho atrás. Era o mesmo detento que o perseguia. Antes que Mulambo possa fazer algo, já estava em cima dele. Os dois caem no chão. Mulambo por baixo. Ele sente o bafo podre da criatura enquanto tenta impedi-la de mordê-lo. Uma baba de sangue ameaça atingir seu rosto. Com algum esforço, ele joga o homem para o lado e corre para pegar um cassetete caído ao lado de um carcereiro.

O homem não se cansava. Tentava mordê-lo a todo custo. Parecia que tinha tomado todas as drogas possíveis de uma só vez, tamanha sua euforia.

Em uma nova investida, o monstro para no cassetete que Mulambo atinge sem dó em sua cabeça. A criatura não desiste. Mulambo então o acerta várias vezes na cabeça, até que ele tomba no chão. Mesmo assim, continua a desferir vários golpes, descarregando assim toda sua raiva.

Paralisado, tentando entender o que acontecera, Mulambo olha aquele cadáver à sua frente. Não era a primeira vez que via um cadáver. Mas aquela coisa na sua frente era diferente. Não podia ser humano.

Antes que possa recuperar-se, Mulambo se vê em uma cena de filme de terror. Ao seu redor, todos os mortos começam a se levantar. Seu coração dispara. Se fossem iguais ao que ele acabou de enfrentar, não teria a mínima chance. Então ele corre. Precisava chegar à saída. Ao chegar ao pátio a visão é ainda pior. Várias pessoas, uma comendo às outras. Não havia como chegar ao Pavilhão dois, que tinha a passagem para a rua.

Um dos canibais percebe a presença de Mulambo e parte para cima dele. Os outros automaticamente o seguem. Mulambo não poderia voltar. Não havia mais para onde ir. O cerco se fechava. O pátio era grande, mas estava ficando pequeno para tantas criaturas do inferno. Os que morriam se levantavam e vinham atrás dele, fosse correndo ou arrastando-se.

É quando ele sente uma mão puxando-o pelo ombro.

À frente de Mulambo um carcereiro com uma metralhadora na mão e um detento tentando insistentemente fechar a porta contra a vontade de um zumbi. O carcereiro coloca o cano da metralhadora para fora e estoura a cabeça da criatura. A porta então é fechada.

– Bituca. Seu Mauro. O que tá acontecendo aqui?

Seu Mauro era o carcereiro mais antigo do presídio. Sua aposentadoria seria dali a duas semanas. Seu jeito calmo e educado e sua simpatia cativava todos os presos. Bituca tinha esse apelido por causa de seu tamanho.

Seu Mauro foi quem começou a falar.

– O fim do mundo, filho. É isso que está acontecendo. Os mortos começaram a se levantar.

– Mas como começou?

– Ninguém sabe ao certo. Parece que começou no ambulatório. Mas o que aconteceu realmente ninguém sabe. Quando as sirenes começaram a tocar, recebemos a ordem de abrir todas as celas para que os presos pudessem sair. Mas o caos já estava instalado.

– Agora estamos presos aqui. Não vamos resistir muito tempo – diz Bituca olhando para a porta, que recebe vários golpes dos zumbis lá de fora.

– Onde estão todos? Quer dizer, os sobreviventes? – pergunta Mulambo com medo da resposta.

– A maioria está aí fora tentando entrar aqui. Morreram. Pelo menos nesse pavilhão só sobramos nós. Não sei a situação dos outros pavilhões. Mas não deve ser melhor que a nossa. – Seu Mauro respira fundo antes de continuar. – Temos que chegar ao pavilhão dois. De lá poderei nos tirar daqui.

– Não tem jeito, Seu Mauro. Lá fora tá cheio de zumbi. Foi muita sorte eu ter chegado até aqui – diz Mulambo.

Bituca coça a cabeça. – Talvez tenha um jeito sim.

– Que jeito homem? Diga logo – pergunta Seu Mauro impaciente.

– Não sei não, seu Mauro. Se eu falar minha pena vai aumentar, isso se os manos não me apagarem antes. Vocês têm que prometer que não vão dizer nada pra ninguém.

– Você viu como estão as coisas lá fora, Bituca? – diz Mulambo apontando para a porta – Ninguém aqui vai sobreviver se não sairmos daqui logo. Essa porta não vai aguentar muito. Então, se você tem alguma idéia, é melhor dizer logo.

– Venham comigo.

Os três seguem pelo corredor e adentram a cozinha. Bituca abre a porta da dispensa. Os alimentos estavam separados em armários de aço. O leiaute parecia muito com o de uma biblioteca. O último corredor à esquerda estava fechado por um armário. – Me ajudem – os três puxam o armário que era bem pesado. Atrás do armário, no fim do corredor, havia um buraco no chão.

– Vocês estavam tentando fugir, seus malandros!

– Eu não tenho nada a ver com isso, seu Mauro. Mas não podia dizer nada, senão *tava* morto.

Mulambo olha para dentro do buraco – Até onde vai esse túnel?

– Até o pavilhão dois. De lá pra rua era os detentos do dois que estavam cavando, mas não deu tempo de terminar.

Eles entram no túnel com Bituca à frente. O túnel não era alto nem muito largo. Uma pessoa por vez podia passar abaixada, por isso formou-se uma fila indiana. Uma lanterna logo na entrada era o que iluminava o caminho do trio. Em quinze minutos conseguiram cruzar todo o terreno. O túnel ia de uma cozinha a outra. Ao saírem do buraco, viram que não estavam sozinhos. Um grande número de detentos e funcionários do presídio se aglomeravam. Mulambo encontra um vizinho de cela.

– Viola, o que está acontecendo, cara? Por que vocês ainda tão aqui?

– Tu nem sabe, Mulambo. Conseguimos isolar o pavilhão dos mortos-vivos, mas os *gambé* lá fora não deixam ninguém sair. Falam que a gente tá de quarentena.

Antes que Mulambo possa processar as palavras de Viola, ele é jogado para trás pela multidão, que era empurrada para trás. O caos se instalou. Muitos eram pisoteados. Mulambo tentava ver o que estava acontecendo. Ele via um cordão de policiais montados em cavalos avançando. Ele sobe as escadas para o primeiro andar. É quando ouve tiros. Os gritos desesperados das pessoas e o som das armas. Estava bem claro para ele. Ninguém sairia vivo dali.

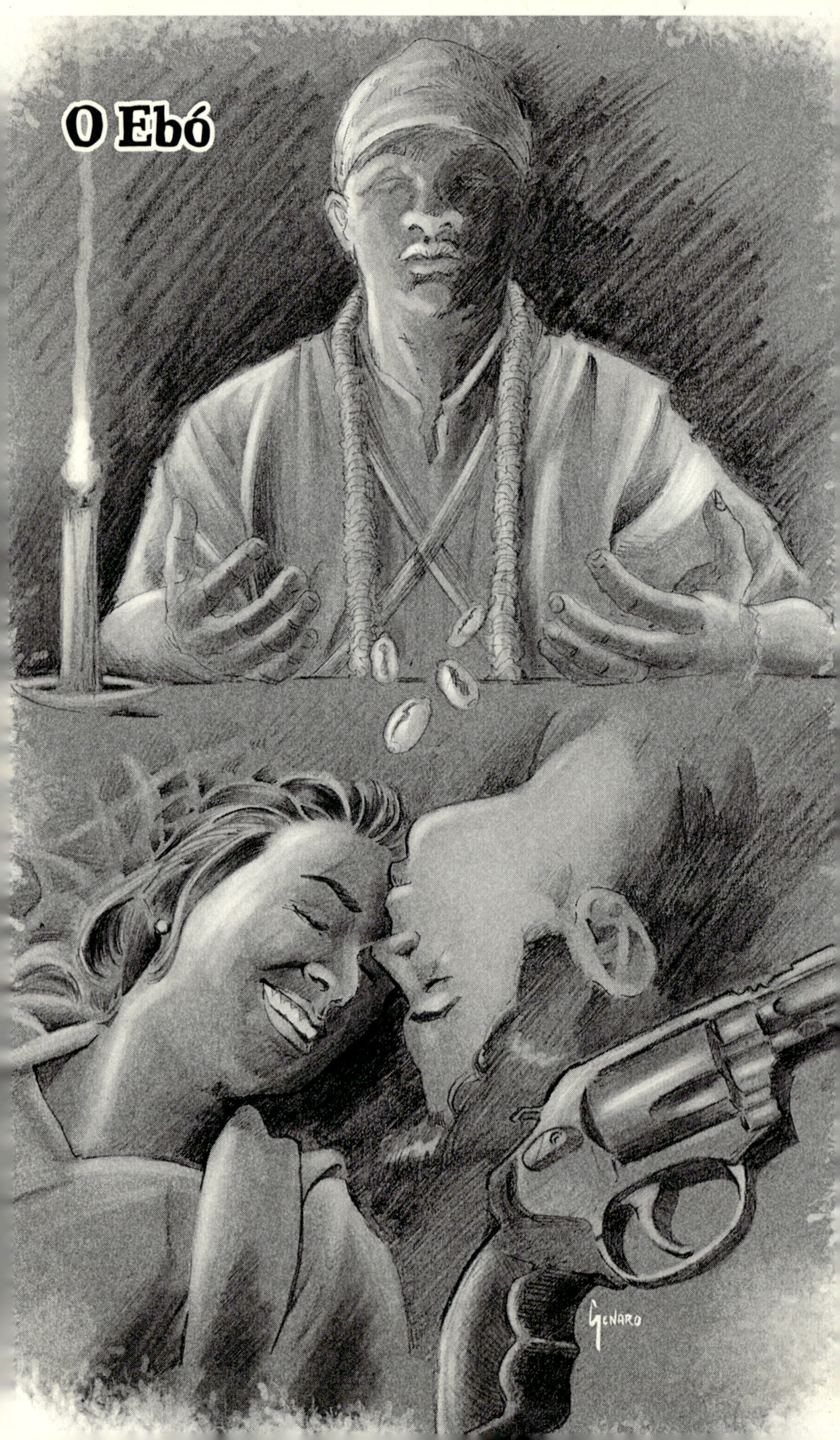
O Ebó
GENARO

SEMPRE TIVE MEDO DESSAS COISAS. Sabe como é. Minha mãe é baiana. Contava várias histórias quando éramos crianças. Minha irmã não ligava muito. Eu fingia que não ligava. Ficava impressionada.

De qualquer forma, ali estava eu. O lugar realmente assustava um pouco. As imagens, os *pretos-velhos* (que pareciam acompanhar-me com os olhos) e a pouca iluminação davam um ar sinistro ao lugar. O cheiro de incenso era forte. Parei de andar por um momento, pensando se o que estava fazendo era certo. Ainda podia voltar atrás. Não precisava ser assim.

– Pode falar, moça.

A voz rouca vinha de trás do balcão. Confesso que a primeira impressão não foi muito boa. Uma senhora aparentando mais ou menos sessenta anos, cabelos bagunçados totalmente brancos, óculos *fundo de garrafa*.

– Boa tarde. Eu queria ter uma consulta com o pai Pedro.

– Você marcou hora? Pai Pedro só atende com hora marcada.

– Não, eu... não sabia. Tem muita gente na fila? – olhei para os lados e as únicas pessoas ali éramos nós duas.

– Ele está terminando um ritual. Não pode ser interrompido. Se quiser esperar...

– Para falar a verdade, também estou sem tempo. Volto outro dia.

Quando virei as costas para ir embora, escutei aquela voz forte vinda lá de cima.

– Violeta! Manda a garota subir!

Violeta era a balconista. Eu me virei para ela, esperando uma confirmação.

– Pode subir. O pai Pedro está lhe esperando.

Algo lá dentro da minha mente dizia para dar meia-volta e ir embora. Mas ignorei. A curiosidade e o desespero eram maiores do que o bom senso.

Subi a escada, degrau por degrau pausadamente, imaginando o que veria a seguir.

A sala era pequena. Bem escura. Algumas imagens de santos estavam espalhadas sobre prateleiras nas paredes. Só reconheci São Jorge, devido ao cavalo e à lança. Havia uma mesa no fundo da sala. Ao lado da mesa, duas cadeiras dispostas uma em frente à outra. Em uma delas, estava ele. Fumava.

– Pode vir, filha.

Aproximei-me, receosa. Ele se levantou e me cumprimentou. Como era alto! Totalmente diferente do que eu imaginava. Negro, com mais ou menos um metro e noventa, e não tinha mais do que 35 anos. Chamava a atenção.

Indicou-me uma cadeira e sentou-se na outra, à minha frente.

– O que você quer de Pai Pedro?

– Tenho um problema.

– E que problema é esse?

– Gosto de um cara.

– Mas ele não gosta de você.

– É.

– E o que você quer fazer?

– Eu achei que haveria um meio de... Bom, dele gostar de mim.

– Hum, você quer um feitiço de amarração. Qual seu nome, minha filha?

– Clarice.

– Você gosta tanto dele assim, Clarice? A ponto de amarrar ele a você pelo resto da sua vida?

– Sim, pai Pedro. Sou apaixonada por ele. Eu vim aqui porque já tentei de tudo pra conquistá-lo, mas nada deu certo. Estou desesperada. Eu o quero para mim.

– Está disposta a fazer qualquer coisa?

Pensei um pouco antes de responder.

– Sim. Estou.

– Está bem. Vou lhe ensinar uma mandinga. Você pegará uma banana da terra verde e, sem descascá-la, abrirá um rasgo vertical de três centímetros com uma faca virgem. Escreva o nome dele em um pedaço de papel e coloque dentro da banana pelo rasgo que você abriu. Coloque a banana em um prato, também virgem, e cubra com bastante mel. Enterre o prato próximo a uma árvore em uma sexta-feira de lua cheia. Desde o início do ritual, você deve mentalizar o seu amado e não esquecer que o ingrediente mais importante é a sua fé. Se você não acreditar, não dará certo. Você entendeu?

– Sim.

Era relativamente fácil. Paguei a consulta e saí dali esperançosa. Finalmente, após dois anos de sofrimento, quem correria atrás de mim seria ele.

* * *

Confesso que me sentia um pouco envergonhada. Não sei se pelo medo de alguém me ver e saber o que eu estava fazendo ou se de mim mesma por acreditar que uma banana poderia trazer o Miguel para mim. Na primeira vez que tentei, acabei desistindo. Não tive coragem de continuar. Para começar, precisaria despistar meus pais, o que era muito difícil. Que desculpa eu daria para sair tarde da noite com um prato virgem e uma banana verde?

Desisti.

O que me deu mais tempo para planejar. Escolhi a próxima sexta-feira de lua cheia e me programei melhor.

Meus pais costumam dormir cedo. Às onze e vinte, levantei-me da cama. Abri lentamente a porta do quarto de meus pais. Dormiam um sono pesado.

Na ponta dos pés, abri meu guarda-roupa e tirei os objetos escondidos ali há semanas, exceto pela banana, comprada naquele dia. Abri a porta com cuidado para não fazer barulho. Não queria chamar atenção. Fui até a garagem e montei o prato. Sempre pensando em Miguel. Em estar com ele. Em beijá-lo. O local escolhido foi a praça perto de casa. Saí à rua olhando para os lados. Por sorte, ela estava deserta. Apertei o passo, pois a meia-noite se aproximava. Deixaria de ser sexta-feira e eu não queria arriscar.

Tinha escolhido a árvore dias antes. Ela ficava entre outras árvores, o que deixava o local escuro e me dava certa proteção. Comecei a cavar com a pazinha. Preparei a banana, coloquei-a no prato e deixei tudo dentro do buraco. Cobri com terra. Então, olhei ao redor e saí correndo. Agora era só esperar.

* * *

Miguel continuava a me ignorar. Já se passara uma semana e nada. Nem um olhar. Nem um sorriso. Eu já estava desistindo quando uma coisa mudou tudo.

Eu pegava todos os dias o mesmo ônibus para ir à faculdade. Miguel subia uns três pontos depois de mim. Sempre passava dando apenas um *oi* seco antes de ir se sentar uns bancos atrás.

Naquele dia, quando o rapaz se aproximava de mim, por ironia do destino ou por força do feitiço, o ônibus passou por um buraco e ele perdeu o equilíbrio, caindo no meu colo. No momento em que nossos olhares se cruzaram, percebi algo diferente nele. Olhava-me com certo espanto. Até que quebrou o silêncio.

– Olha, desculpa. Eu... Bom, deixa eu sair do seu colo.

Nós dois rimos. Ele sentou-se ao meu lado e começamos a conversar. Foi uma conversa descontraída. Falamos sobre várias coisas. E em nenhum momento ele tirava os olhos de mim. Sempre olhando uma parte do meu corpo. Cheguei a ficar encabulada.

Depois daquele dia, sempre sentávamos juntos e íamos conversando. Começamos a sair. Para o primeiro beijo, não demorou muito. Depois de três meses juntos, Miguel me pediu em casamento. Eu não conseguia acreditar. Tinha dado certo. Finalmente eu tinha meu príncipe encantado. E éramos felizes.

* * *

Casamos. Foi uma festa linda. Éramos muito felizes.

Mas eu devia saber que não existe calmaria que não venha seguida de tempestade. Como minha mãe dizia, quem mexe com essas coisas não é feliz por muito tempo. Porque a vida cobra. E com juros.

As coisas começaram a dar errado um mês atrás. Saí da faculdade mais cedo e um amigo me deu carona. Miguel não tinha ido porque trabalhara até mais tarde.

Quando me viu chegando de carro com outro homem, sua expressão me deu arrepios. Pela primeira vez, ele gritou comigo. Ameaçou me bater. Por pouco não aconteceu. Estava transtornado. Tranquei-me dentro do banheiro e fiquei lá até amanhecer.

Daí em diante, ele não me deixou mais em paz. Começou a beber e todos os dias me xingava, me batia. Meu castelo ruiu tão rápido quanto fora erguido. O ciúme e a obsessão de Miguel me sufocavam. A cada dia ele estava pior.

E aqui estou eu. Sentada neste sofá, com o amor da minha vida com uma arma em suas mãos, apontado-a para mim. Mas esse não é mais meu Miguel. Não essa pessoa com os olhos esbugalhados. Esse é outra pessoa. Outra coisa.

– Você agora vai aprender que não se deve trair um homem, Clarice!

– Mas, Miguel, eu não traí você.

– Traiu sim! Você vem me traindo desde quando namorávamos! Você acabou com a minha vida.

Seu desespero mostra que acredita em tudo que diz.

Ele encosta a arma contra minha cabeça.

– Como você pode fazer isso comigo? Eu te amei tanto! Dediquei todos esses meses a você. Eu te amo! Eu te venero! Se eu não puder ficar com você, ninguém ficará!

– Não faz isso, por favor. Eu te amo! Como você vai viver com esse peso na sua consciência?

– Quem disse que eu vou viver?

BLAM!

Silêncio.

BLAM!

Sara
Genaro

Sara estava inquieta. O dia havia chegado e ela não poderia fazer nada para evitar. Logo seu pai chegaria da Rodoviária do Tietê com sua avó, dona Ernestina.

No auge de seus oito anos, tudo o que a menina menos queria era dividir seu quarto com uma velha. Era assim que Sara via a mãe de seu pai. Sua avó materna não. Esta era elegante, bonita, tinha dinheiro e lhe presenteava com os melhores presentes em seu aniversário.

Já dona Ernestina era o oposto. Seu jeito de se vestir, as verrugas no rosto, o cheiro ruim.

Ela ainda se lembrava das férias do ano anterior. Camilinha, sua amiga da escola, viera brincar em sua casa no fim de semana. Sua avó costumava ir ao banheiro de manhã e ficar meia hora escarrando. Parecia que tirava a alma pelo nariz. Isso rendeu a Sara o apelido de Ranhinha. E ela não apreciava nada essa alcunha.

Pensava em como escapar daquela situação. Mas não achava solução. Ficava ali, sentada no sofá olhando para a TV desligada e segurando entre os braços Binho, seu cachorro de pelúcia que tanto gostava, presente de sua outra avó, Teresa. Esta não gostava de ser chamada de avó. Preferia que a neta a chamasse pelo nome. A fazia sentir-se mais jovem.

Ainda tinha o fato de que quando Dona Ernestina estava, seu pai pouco ligava para ela. Como ele podia gostar daquela velha? Não tinha vergonha dela? O fato é que ela tinha vergonha. E faria de tudo para ficar bem longe da avó nos próximos dias.

* * *

Celso, o pai de Sara, entrara em casa com duas malas muito pesadas. Dona Ernestina vinha logo atrás. Miriam já aguardava a sogra com um sorriso de orelha a orelha. Sara continuava sentada no sofá, imóvel. Não fazia questão de cumprimentar a velha. Queria ser invisível para que pudesse passar despercebida.

Em vão. Ao ver a neta, dona Ernestina correu o mais rápido que sua idade lhe permitia para abraçar a neta.

– Minha neta querida. Dê um abraço na sua avó.

Sara, ainda impassível, sentia aquele cheiro peculiar que odiava. Sentiu asco ao ser beijada em seu rosto. Um beijo molhado, babado. Tinha medo que a dentadura se soltasse e caísse em cima dela. Seu pequeno estômago revirou-se. Tentava soltar-se das garras pelancudas que a envolvia, mas não tinha forças.

Quando finalmente a avó a soltou – após vários beijos melados e algumas palavras ininteligíveis –, correu para o banheiro enxugando o rosto em seu vestido colorido.

– Sara! Volte aqui! – gritou sua mãe, já se desculpando pelos maus modos da filha.

– Não tem problema, Miriam. Ela deve estar chateada por não me buscar na rodoviária junto com o pai. Quando formos dormir, converso com ela.

* * *

Dona Ernestina não gostava da cidade grande. Em Riacho das Almas, cidade do interior de Pernambuco em que vive desde que nasceu, vivia como se vive em cidades do sertão. Comia o que plantava e criava. Conhecia a todos e todos a conheciam. Tinha orgulho de contar como seus filhos deram certo na cidade grande. Fazia questão de dizer que a cidade era São Paulo, onde se gravavam boa parte das novelas que as mais novas gostavam de assistir. Mas não gostava de estar ali.

Fazia esse sacrifício todo ano para ver seus filhos, que nunca paravam de trabalhar para ir vê-la em Pernambuco. Não reclamava. Sabia que a vida no sudeste era difícil. Entendia os filhos. O único que tinha condições de recebê-la era Celso. Os outros vinham visitá-la no fim de semana, onde faziam um grande almoço.

Não estava acostumada com a modernidade. Em sua casa mal havia água encanada. O banho era tomado de bacia. Por isso, demorava para se acostumar com o chuveiro. Ao terminar o banho, tirou a dentadura e a colocou dentro de um copo d'água. Ao virar-se, tomou um susto. Sara estava parada à porta, com aquele cachorro de pelúcia e um olhar sinistro, cheio de ódio. Com a mão no peito, perguntou à neta: – *Oi, minha filha. Veio escovar os dentes?*

Tudo o que ouviu foi um grunhido e um ranger de dentes. Sara entrou no banheiro, colocou seu brinquedo sobre o cesto de roupas e pegou sua escova no armário. Dona Ernestina foi para sua cama. Pelo jeito, dobrar a neta seria mais difícil do que imaginara.

* * *

Há muito tempo dona Ernestina não sonhava. Desde que seu marido morrera, por algum motivo que não sabia qual, seus sonhos cessaram. Ou não eram tão importantes para ela se lembrar.

Acordou de madrugada com sede. Quando estava em São Paulo, só conseguia dormir com um cobertor cobrindo até a cabeça. Sentia muito frio nas orelhas. Em Riacho das Almas, costumava dormir só de pijama. Faz muito calor na região do agreste.

Ao retirar o cobertor de sua cabeça, seu sangue gelou. Lá estava ela, Sara, em pé ao lado de sua cama. Segurava aquele bicho. Seus pequenos olhos pareciam brilhar no escuro.

– Menina. O que faz acordada a essa hora? Vai dormir.

– Por que você não vai embora? – a expressão de Sara era assustadora. Sua voz não parecia mais dela – Eu não gosto de você. Não quero ver você aqui. Sai daqui! – A velha senhora se encostava na cabeceira da cama assustada com a menina, que em nada lembrava sua amada neta. Ela estava diferente. Havia algo de ruim nela. Com os olhos arregalados, dona Ernestina fazia o sinal da cruz várias vezes.

A luz se acende.

– Sara. Pare de incomodar sua avó! – era seu pai, que ouvira o barulho e fora conferir o que estava acontecendo. Num piscar de olhos, o rosto angelical de Sara voltara.

Agora ela era novamente uma doce criança.

– Papai. A vovó não me deixa dormir. Ela fica rezando.

– Mãe, vai dormir. – diz Celso enquanto coloca a pequenina na cama – A senhora não está cansada? – o pai beija a filha e se despede dela.

– Mas filho... – antes que dona Ernestina pudesse terminar, seu filho já havia se recolhido. Ela olhava para Sara, abraçada ao bicho de pelúcia já dormindo, como se nada tivesse acontecido. Naquela noite, dona Ernestina não conseguiu mais dormir.

* * *

Café da manhã. Dona Ernestina e Miriam estavam a sós à mesa. As olheiras da velha senhora denunciavam a noite passada em claro. Miriam não percebera.

Não imaginava o que acontecera no quarto de sua filha durante a madrugada.

– Miriam – dona Ernestina quebra o silêncio – Você tem levado Sara à igreja?

– Por que a pergunta, dona Ernestina? – responde Miriam com outra pergunta enquanto toma um gole de café.

– Nada, minha filha. É que a religião é muito importante na criação de uma criança.

– Já faz um tempo que não vamos à igreja. É essa correria do dia a dia.

– Uma criança tem que ter pilares religiosos. Você se incomoda se eu... benzer minha netinha?

Miriam estranha o pedido da sogra. Mas sabia que ela era uma benzedeira de mão cheia. Que problema haveria?

– Sem problemas, dona Ernestina. Vou aproveitar que é cedo e que a senhora está em casa e vou ao mercado – disse Miriam já se levantando e pegando sua bolsa sobre a mesa. – Preciso comprar algumas coisas que estão faltando na dispensa.

Ernestina não queria ficar a sós com a neta. Era perigoso. Não sabia com o que estava lidando. Por outro lado, estava falando de uma garotinha de oito anos.

Colocou a louça suja na pia e subiu a escada que levava aos quartos. Apesar da idade, dona Ernestina era forte. Ainda cuidava da própria lavoura e dos animais. Caminhava na ponta dos pés para não acordar a neta.

Abriu a porta devagar. Sua sombra se projetava no quarto conforme a porta ia se abrindo. Sara ainda dormia.

Parou em frente à cama e começou a rezar. Fazia gestos com as mãos, benzendo a neta. Palavras não se ouviam. Apenas uma lamúria sussurrada. Mantinha seus olhos fechados, concentrada. O sinal da cruz indicava o fim da reza.

Ao abrir os olhos notara que Sara não estava mais em sua cama.

Olhou ao redor. Procurou embaixo da cama, atrás da cortina, dentro dos armários. Nada.

Saiu no corredor. Foi ao banheiro. Vazio. Ficou preocupada com Sara. Onde a neta teria ido? Saiu para a rua atrás da mãe? Miriam e o filho nunca a perdoariam se algo acontecesse com ela. Nem ela se perdoaria.

Quando ia descendo a escada, ouviu aquela voz inocente.

– Vó. – Dona Ernestina virou-se. Antes que pudesse dizer algo, sentiu aquelas pequeninas mãos a empurrarem escada abaixo. A senhora desceu rolando os degraus.

Sara seguia a avó, descendo lentamente a escada arrastando seu cachorrinho de pelúcia.

Parou em frente do corpo da avó. Não sabia se ainda estava viva. Correu para o telefone e discou o número do celular da mãe. Aos prantos, contava para a mãe sobre o infeliz acidente que acabara de acontecer.

* * *

A casa estava cheia. Várias pessoas entravam e saiam. Alguns, chorando. Outros, curiosos. Seu pai chorava sobre o caixão da mãe. Miriam tentava consolá-lo, em vão.

Sara saiu do lugar onde estava sentada e aproximou-se do pai.

– Papai. Vem brincar comigo.

O pai parecia não ouvi-la.

– Sara, deixa o papai, filha. Volta pra onde você estava. – diz a mãe deixando transparecer sua impaciência.

– Papai, vem comigo.

– Sara! – grita Miriam.

Ela puxa a filha pela mão e a leva para seu quarto.

– Fica aqui e só sai quando eu disser pra sair.

A porta é trancada.

Por mais que a mãe tenha sido dura, Sara não chora. Ela vai até sua cama e pega seu cachorro de pelúcia.

– Tá vendo, Binho. Mesmo com aquela velha morrendo, meu pai continua sem brincar comigo.

O cachorro, como se tivesse vida, mexe seus olhos na direção de sua dona. Não há movimentos de sua boca, mas ela podia ouvir a voz em sua mente:

– Agora vamos cuidar de sua mãe, Sara. Vamos cuidar de sua mãe.

Muiraquitã

Ela abriu caminho pela mata. Seu guincho estridente mostrava seu desespero. Soubesse falar, gritaria por socorro. Se perguntaria como seu algoz a encontrou. O esconderijo era perfeito. No meio da mata fechada, longe de todos os animais e humanos. Logo na hora de seu descanso. Por que não à luz da Lua, quando sairia para comer?

Não.

Ele a encontrara e a queria ali. Por sorte, percebeu sua chegada e pode fugir. Assim, sua cria estaria protegida.

Seu caminho não era feito à revelia. O rio era sua única chance. Só mais um pouco e estaria a salvo.

Os passos atrás de si estavam mais próximos. Mas o barulho da corredeira à frente também. Quase não conseguiu passar por baixo de um tronco caído. Isso a atrasou. Em uma ligeira olhada pra trás, vislumbrou seu perseguidor em pé sobre o tronco que acabara de passar.

Ele apontava a arma em sua direção. Não haveria mais tempo. Contava apenas com a sorte. À sua frente, uma poça de lama a surpreendeu. Não estava ali antes. Certamente, a chuva do dia anterior a criara. Tentou um salto desesperado. Projetou-se no ar a poucos centímetros do chão.

O salto a deixara exposta.

Sentiu uma ligeira pontada em seu lombo, seguida de uma dormência e logo depois uma dor lancinante.

O salto não se completara.

A poça de lama recebeu seu corpo pesado. Em seus últimos devaneios, ela percebeu que não era apenas uma poça, mas um buraco, que foi engolindo-a lentamente.

Tudo escureceu.

* * *

Nita aproximou-se do buraco lentamente, o arco-e-flecha empunhado, como se esperasse que a anta ressurgisse do buraco de lama a qualquer momento, atacando-o.

– Eu a acertei, Ubirajara! Tenho certeza.

– Não sei não, Nita!

– Ela foi engolida pela lama. Só falta sumir depois de tanto trabalho.

– Posso te fazer uma pergunta? – diz Ubirajara, enquanto mete a mão na água lamacenta.

– Claro.

– Se você vai ser o próximo pajé, por que ainda sai nessas caçadas? Não deveria estar com o pajé agora?

– Eu gosto de caçar, Ubirajara. E... não sei se quero ser pajé.

– Você é o escolhido, Nita. Tupã não erra. Se Ele disse ao pajé Cauã que você será nosso próximo líder espiritual, então você será. – Ubirajara afunda o braço mais um pouco. O buraco era mais fundo do que imaginara. Força o braço de um lado para outro, tentando encontrar em vão o animal que há pouco ali caíra.

– Esse buraco é fundo, Nita. Me ajuda aqui. – disse Ubirajara enquanto projetava seu corpo na água suja. Nita segurou o braço do amigo. Fincou seus pés no chão, procurando firmar o apoio a Ubirajara. Este afundou mais um pouco. Seus pés tentavam encontrar o chão firme ou a presa que tiveram tanto trabalho para abater. – Mais um pouco. Estou sentindo algo.

Era muito difícil abater uma anta àquela hora do dia. Ainda mais uma daquele tamanho. Teriam comida por pelo menos mais dois dias. Ubirajara, um pouco mais velho que Nita, sabia da importância de levar o animal à tribo. Ganhariam respeito e isso era muito importante para os Ianomâmis.

– Não vou aguentar muito tempo. – disse Nita. Ubirajara estava coberto até o pescoço de lama. Mais um pouco e todo seu corpo estaria imerso.

Nita sentiu que não suportaria. Seus pés deslizavam na direção do abismo que aquele buraco agora representava. De repente, sem que pudesse fazer qualquer coisa, o corpo de Ubirajara foi engolido totalmente. Por pouco, o próprio Nita não caíra. O indígena não conseguira segurar o amigo.

Desesperado, jogou a mão na lama tentando encontrar alguma parte do corpo de Ubirajara para agarrar. Em vão.

Pensou em se jogar, mas não teria como voltar à superfície. Caso seu pai pudesse vê-lo, estaria decepcionado. Os Ianomâmis protegiam uns aos outros, mesmo que isso significasse a morte.

Envergonhado, tomou coragem. Não tinha como encarar a tribo. Como explicar? Pularia atrás de Ubirajara. Tomou fôlego. Quando colocava o primeiro pé na lama, viu algo surpreendente: a mão de Ubirajara pulara para fora da lama, como que buscando algo em que pudesse segurar.

Após uma vacilada momentânea, Nita agarrou a mão do amigo e puxou. Logo viu a cabeça de Ubirajara aparecer.

Quando todo o tronco do ianomâmi já estava fora d'água, a surpresa: no outro braço, Ubirajara segurava o corpo da anta sem vida. A flecha ainda atravessada em seu corpo.

Com um impulso, jogou o corpo entre as folhas no chão.

– Pensei que você tivesse encontrado Tupã mais cedo, meu amigo – disse Nita aliviado.

– Por pouco. Mas tenho que voltar lá.

Nita olhava para Ubirajara com surpresa. Na verdade, estava tentando processar em sua mente as palavras que acabara de ouvir. Voltar pra onde? Não podia ser para aquele poço de lama. Era loucura. Como não estava entendendo nada, arriscou a pergunta:

– Voltar pra onde?

– Pro buraco. Tem mais alguma coisa lá. Eu pude sentir.

– Você está maluco, Ubirajara? Por muito pouco não morreu. Deve ser algum galho de árvore. Não vale a pena se arriscar tanto.

– Não. É outra coisa. Não sei dizer o que, mas pude sentir ele me chamar. – enquanto falava, seus pés já submergiam na água suja. Antes que Nita pudesse retrucar, Ubirajara mergulhou novamente, dessa vez, sem qualquer tipo de ajuda. Ele já sabia onde estava se metendo.

Ubirajara era um dos melhores nadadores da tribo. Sua habilidade era muito útil nas pescarias. E o fato de já ter voltado uma vez, o gabaritava para o retorno.

Nita tinha os olhos arregalados. Não desviaram do poço de lama nem por um segundo. Quando já começava a crer que desta vez o amigo não voltaria, vê a água borbulhando.

Ubirajara aparece na superfície. Procura desesperadamente o ar para respirar. Nita o ajuda a sair.

Encostado a seu peito nu, um pote de tamanho médio feito em

argila e decorado com inscrições. Tinha uma tampa, presa por um cipó que dava voltas no pote.

– O que é isso? – perguntou Nita, que observava o pote em suas mãos, olhando detalhadamente a escrita na argila. – Quer dizer, é um pote de argila, mas o que fazia lá embaixo?

Ubirajara, que ainda recuperava o fôlego, falou:

– Parece ianomâmi. Deve ter sido enterrado aí há muito tempo. A chuva desenterrou.

Nita parecia encantado. Passava os dedos pelos desenhos do pote.

– O que vamos fazer com isso?

– Abrir. Deve ter algo valioso aí dentro. – disse Ubirajara já em pé e tirando o artefato das mãos de Nita.

– Não sei não, Ubirajara. Esse negócio estava enterrado por algum motivo. E essa escrita não parece de bom agouro.

Mas Ubirajara não arriscara sua vida à toa. Retirou o cipó que prendia a tampa. Com cuidado, retirou-a. Olhou para dentro do pote. A luz natural não ajudava. Viu que havia alguma coisa lá dentro, mas não conseguia identificar o quê. Enfiou a mão e, com cuidado, puxou o objeto.

– Mas o que é isso? – disse Nita boquiaberto. Ambos tinham a expressão de surpresa. – É muito bonito.

Era um boneco feito de algum material desconhecido pelos dois. Tinha a forma de um animal e cabia na palma da mão.

– Parece um cervo talhado em pedra. – concluiu Ubirajara. – Tanto esforço pra nada. É apenas um brinquedo.

– De qualquer forma, vou levar. Anahí vai gostar.

– Você quem sabe. – Ubirajara coloca o animal nas costas e vai andando. Nita vai logo atrás, carregando o boneco. – Por mim, pode deixar aí.

* * *

A recepção na aldeia foi calorosa. Toda a tribo ficara feliz. Ubirajara e Nita foram os primeiros a retornarem da caçada. Outros caçadores continuavam na selva procurando por comida.

Anahí correu de encontro ao irmão e o abraçou. A pequena índia tinha oito anos e era muito apegada a Nita.

– Como você está sujo, Nita. E fede. O que é isso? – seus olhos brilharam ao ver o boneco.

– É um presente pra você... se bem que você não merece. Estou fedendo, não é?

– Não, Nita! Você é o ianomâmi mais perfumado que existe. – grita eufórica a indiazinha, pulando à frente do irmão. – Me dá!

Anahí tira o artefato das mãos de Nita e sai correndo para mostrar aos demais indiozinhos. Nita sorri ao ver a felicidade da irmã.

* * *

Anahí não largara seu novo brinquedo por todo o dia. Seu corpo verde refletia a luz do sol. Por vezes, fechava os olhos e fingia que seu brinquedo era enorme, bem maior que seu irmão.

Ela possuía outros bonecos de barro, mas nenhum era tão bonito quanto aquele. Quando chegou a hora de dormir, deitou em sua cama – um amontoado de palhas no chão. – Antes, colocara seu presente dentro de um cesto, junto de outros brinquedos. Não parava de olhá-lo e assim foi até pegar no sono.

* * *

Nita acorda assustado. Ouve um barulho fora de sua oca. Seu instinto de guerreiro lhe diz que algo está errado. Levanta-se com cuidado para não acordar a irmã, que dorme tranquilamente.

A lua estava alta no céu e iluminava a via principal da aldeia. Seus olhos cansados queriam voltar a se fechar, mas Nita teimava em mantê-los abertos. Espreguiçou-se. O arco e flecha em seu ombro.

Outro barulho. Com um movimento rápido, empunhou sua arma, pronto para atacar. A mata era cheia de animais, mas não costumavam se arriscar pelo meio da aldeia, principalmente à noite. A maior preocupação de Nita era, na verdade, os homens brancos. Vez em quando um aparecia. Poucas vezes foram vistos em bandos. Os que encontravam, eram mortos e sua carne devorada. Seu povo acreditava que comendo a carne do inimigo, adquiriam sua força.

Rodeou sua oca. Ao longe, nos limites da aldeia, viu algo. Pareciam olhos, mas não conseguiu identificar de que animal era. Eram brancos e brilhavam.

O ianomâmi mirou sua presa. Um animal tão próximo, oferecendo-se ao caçador, não poderia ser desprezado. Seu braço firme segurava a flecha. Mesmo no escuro, não poderia errar.

Atirou.

Nita pode ouvir a flecha cortando o ar frio da madrugada. Depois, o som dela atingindo seu alvo. Correu na direção de sua vítima. Com passos largos e rápidos, logo estava onde vira o animal.

– Nada? – deixou escapar com surpresa o índio. – Mas eu acertei...

Olhou ao redor. A escuridão dominava a selva. Seus olhos correram em todas as direções, procurando pelo bicho que, inexplicavelmente, escapara de sua investida que, pensava ele, fora certeira.

* * *

Cauê, o pajé da tribo, estava inquieto. Demorou a pregar os olhos e, quando o fez, teve um sono agitado. Por vezes acordou, até ouvir um barulho de passos do lado de fora.

Levantou-se.

Desde a chuva de duas noites atrás, estava inquieto. Tinha a sensação de que aquela tempestade não era como as outras. Trazia mau agouro. Tempos ruins estavam por vir.

Olhou para fora de sua oca. Viu um vulto correndo na direção da mata. A escuridão poderia enganá-lo, mas reconheceu a figura que segurava o arco e flecha: Nita.

Seu coração lhe dizia que algo estava errado. O que o jovem fazia àquela hora se dirigindo à mata com o arco empunhado?

Um mal estar repentino lhe obrigou a deitar-se em sua cama, feita de folhas e palha secas. Ouviu um barulho, depois um grito. Logo depois, passos na terra e o som de algo sendo arrastado. Aos poucos, o som ia se distanciando. Seja lá o que fosse, estava indo na direção da mata. Cauê tentou se levantar, mas não conseguiu. Seu corpo estava anestesiado. Tudo o que podia fazer era uma oração a Tupã, antes de cair em um sono forçado por uma força desconhecida e maligna.

* * *

Nita adentrou a floresta um pouco mais à procura do animal. Um grito vem da aldeia. Sem pensar, Nita corre pelo mesmo caminho por onde veio. Tinha se afastado um pouco, mas não demoraria a chegar.

Ao ultrapassar a última barreira de árvores, encontrou a aldeia como a deixara. Silenciosa e tranqüila. *Os sons da mata devem ter-me confundido,* pensou. Mas havia algo errado no ar. Podia sentir, não sabia como, mas podia sentir.

Lembrou-se de sua irmã. Constatou ao chegar à sua oca que ela estava bem. Um cansaço repentino tomou conta de Nita, que tombou no chão de terra e só acordaria de manhã.

Tivesse reparado, Nita notaria que algo faltava naquela oca. Algo que ainda lhe traria muitos problemas.

* * *

A manhã surgiu com nuvens negras no céu. A tempestade já se anunciava. Nita acordou com dores de cabeça, mas o cansaço que sentira horas antes sumira.

Notou que Anahí não estava em sua cama. Preocupado, dirigiu-se para fora de sua oca. Sentiu um arrepio ao olhar para o céu. Viu Anahí sentada no chão, de costas para ele. Sua cabeça estava baixa. Caminhou em sua direção. No percurso, estranhou o fato de ninguém ainda ter acordado. Àquela hora, as mulheres já estavam fazendo seus trabalhos e os homens se preparando para a caça. Mas ninguém botou a cabeça pra fora de suas ocas.

Nita aproximou-se de sua irmã.

– Anahí. – chamou. Nenhuma resposta. Chamou mais uma vez, agora um pouco mais alto. Nada.

Com cuidado, tocou o ombro da irmã, que olhou para trás assustada.

– Ai, Nita! Quer me matar de susto?

– Eu te chamei duas vezes e você não respondeu – justificou-se Nita, que reparou que Anahí brincava com o artefato que a dera no dia anterior. Algo chamara sua atenção. – Anahí, seu brinquedo não era menor on...

– Nita! – foi interrompido. O pajé saia de sua oca, apoiando-se, como sempre, em seu cajado. Nita percebeu o quanto o pajé parecia cansado. A noite deve ter sido difícil para ele também. – O que fazia acordado de madrugada? – perguntou, já próximo.

– Eu pensei ter visto um animal, pajé. Tentei abatê-lo, mas ele sumiu. Na verdade, nem sei se era mesmo um animal ou minha imaginação.

– Um animal? Que animal?

– Não consegui identificar. Mas era grande.

– Você precisa parar com essa coisa de caça, Nita. Seu destino é ser um grande pajé. Esperei você ontem até tarde para continuarmos seu aprendizado. Onde esteve?

– Eu estava...

– Ele estava caçando, Cauê. – era Anajé, o cacique. – Precisamos comer. Você sabe que a aproximação do homem branco tem feito com que a comida migre para outros lugares. O garoto é bom na caça.

– Você está dizendo que Tupã está errado, Anajé?

– Não. Estou dizendo que ainda não é a hora. Deixe o garoto aproveitar um pouco da sua juventude.

– Não há tempo pra isso, Anajé. – Caué aproxima seu rosto do cacique. – Nita tem responsabilidades. Não pode renegá-las. – O pajé vira seu rosto para Nita, que está próximo a sua irmã. – Nita, espero você... o que é isso?

Cauê arregala os olhos. Sua expressão muda drasticamente. Pela primeira vez em sua vida, Nita vê medo nos olhos do pajé.

– Isso? – diz Nita apontando para o objeto – Encontramos ontem durante a caçada.

– É meu brinquedo novo, pajé. – fala inocentemente a criança abraçando o cervo junto a seu corpo.

– Deixe-me ver. – Anahí o entrega com certa restrição. – O pajé observa com atenção. – Vocês sabem o que é isso? – todos gesticulam negativamente com a cabeça. – É um muiraquitã.

– Muiraquitã? Aquele muiraquitã? Das... – teme o cacique.

– Das icamiabas. Sim. – completa a frase o pajé.

– O que é um muiraquitã? – pergunta um curioso Nita.

– Muiraquitã eram amuletos feitos pela antiga tribo das mulheres guerreiras. Dizem as lendas que esses amuletos têm propriedades mágicas. Eles eram feitos com pedra mágica do lago verde e moldados na forma de animais.

De repente, o pajé tem um espasmo e cai no chão. Ao mesmo tempo, uma mulher sai correndo de dentro de uma das ocas.

– Ele sumiu! Ele sumiu!

– Quem sumiu, mulher! – indagou Anajé.

– Ubirajara, cacique! Ele sumiu! Meu marido foi levado! – Outras pessoas saiam de suas ocas. Umas, assim, como a mulher de Ubirajara, procurando por um ente querido, outras, curiosas com os gritos.

O pajé logo se lembrou daquela madrugada, de algo sendo arrastado na direção da mata. Nita o ajudava a se levantar, enquanto o cacique tentava controlar o desespero das pessoas.

– Onde você encontrou aquilo, Nita – perguntou o pajé apontando o dedo para o muiraquitã.

– Perto do rio, pajé.
– Onde?
– Enterrado dentro de um pote de barro.
– E onde está o pote de barro?
– Ficou lá.
– Então vá e o traga a mim.
– Vou sim. Daqui a pouco...

Não! – O pajé segura os ombros fortes de Nita, sacudindo-o. – Vá agora! Não temos tempo!

Nita viu o terror nos olhos do pajé e, sem pensar, correu. Os primeiros pingos de chuva começavam a cair.

* * *

O pajé colocara o muiraquitã em sua oca. Após um pequeno ritual, banhou o artefato com algumas ervas e o deixou descansar próximo a um altar. A visita do cacique o surpreendeu.

– Cauê. Precisamos de você. Um dos homens foi encontrado. Ele está muito doente.

O pajé pegou seu cajado e algumas ervas e saiu com o cacique. Um pequeno vulto espreitava na oca e, ao ver o pajé se retirando, rapidamente pegou o muiraquitã e evadiu-se. Era Anahí.

– Você é meu brinquedo. O pajé não tem o direito de dar banho em você. Só eu.

Em sua oca, repousou o artefato em sua cama e foi pegar uma fruta para comer. Aos poucos, o muiraquitã aumentava seu tamanho.

* * *

A tempestade prosseguira por horas. A respiração de Nita era ofegante. Mesmo com sua juventude, realizar todo aquele trajeto de ida e volta quase sem descanso, era desgastante. Não imaginava no que aquele pote de barro velho poderia ajudar, mas sabia que era importante.

Nos olhos do pajé, viu morte e desgraça. Nunca sentiu nada nem mesmo parecido antes. A urgência estava estampada na face de Cauê. Desde o dia anterior, Nita vinha sentido sensações estranhas. Estaria o pajé certo? Estaria ele destinado a ser o líder espiritual da tribo?

Ao chegar à entrada da aldeia, um frio percorreu sua espinha. Alguns utensílios estavam jogados no chão. Algumas ocas, destruídas. Uma batalha acontecera ali. Ao avançar alguns metros, viu o primeiro corpo.

Era o de um homem. Ela estava pele e osso. Parecia que sua carne havia sido sugada. Mais à frente, mais um corpo. E mais um. Todos na mesma situação. Ao ver sua oca destruída, remexeu nos entulhos à procura de sua irmã. Ao se certificar que não estava lá, chamou-a por várias vezes, em vão.

Foi quando ouviu um sussurro. Nita concentrou-se para localizar de onde vinha. No meio daquela matança, alguém sobrevivera.

Ao longe, viu uma mão se mexendo. Correu em sua direção.

– Pajé? O que aconteceu aqui? Onde está Anahí?

O estado do pajé era deplorável. As feridas em seu corpo mostravam que a batalha havia sido violenta. Seu cajado estava partido em dois. Cauê não conseguia emitir nenhuma palavra.

Nita pega o pote que trouxera e coloca perto do pajé.

– Aqui está pajé. Eu o trouxe. – o pajé levanta a cabeça e olha para o artefato. Seus dedos caminham por todo o corpo do pote de barro. Nita tinha urgência. Quanto menos tempo demorasse, maiores as chances de encontrar sua irmã viva.

O pajé, com dificuldade, encostou seu dedo na mão de Nita. Um choque percorreu então o corpo do jovem índio.

Nita se viu em um local da mata, próximo a uma cachoeira. Não chovia e o dia estava claro e quente.

Cauê estava ao seu lado, são, analisando o pote.

– As inscrições aqui contam uma história – disse o pajé preocupado. Conforme ia falando, o cenário ao redor dos dois ia tomando forma e os personagens da história contracenando sem perceber a presença dos dois. – Há muito tempo atrás, existiram as icamiabas. Eram grandes guerreiras e viviam longe da presença dos homens. Um grande mal se abateu no mundo. O demônio Anhangá se libertou de sua prisão e iniciou a matança dos filhos de Tupã. As guerreiras uniram-se a nossos antepassados e, juntos, aprisionaram o demônio em um muiraquitã. Mas isso não era o bastante para vencê-lo. Foi então que o pajé da tribo pos um feitiço neste pote de barro e trancou o muiraquitã lá dentro.

– Foi ele? Foi o demônio que fez tudo aquilo?

– Sim. E cabe a você destruí-lo.

– Mas como? Eu... eu não sei o que fazer.

– Mas saberá. No momento certo, saberá. Meu tempo acabou. O seu começa agora.

Nita sai do transe. O corpo do pajé pendia sem vida em seus braços. Uma lágrima correu por seu rosto. O índio sentiu algo ruim se aproximando. Foi então que finalmente o viu. Saindo das árvores, um grande cervo, maior do que vira naquela madrugada, caminhava lentamente em sua direção. O brinquedo de Anahí revelava-se um demônio milenar, grande inimigo de Tupã e que massacrara seu povo.

Ele trouxera a desgraça para sua tribo.

* * *

O animal tinha os olhos flamejantes. Conforme caminhava, ia se transformando em algo que Nita nunca havia visto. Um ser duas vezes maior que Nita, magro, com espinhos por todo o corpo. Seus olhos e boca cospiam fogo. Seus esgalhos se mexiam, como se estivessem vivos.

O jovem se mantém imóvel.

– Onde está minha irmã, demônio?

O Anhangá gargalha.

– A pequenina? – sua voz ribombava como um trovão. – Humm. A essência inocente de uma criança é deliciosa. Foi maravilhoso. – novamente a gargalhada.

A dor que Nita sentira ao ouvir aquelas palavras era como se um punhal tivesse sido cravado em seu peito. Ele pega uma lança caída próxima e corre contra o monstro. Anhangá já esperava aquela reação e lhe dá apenas um golpe certeiro. Nita voa contra uma oca, derrubando-a com a força do impacto.

– Ainda estou com fome. Alguns de seus irmãos fugiram. Mas eu os encontrarei. Ninguém foge da fúria do Anhangá.

Nita estava bem machucado, mas sobrevivera. Lembrava dos ensinamentos do pajé. Por muitas vezes, ele repetira que Nita não era um guerreiro, mas um pajé. O golpe serviu para anuviar sua cabeça. Não derrotaria a criatura com força. Derrotaria com magia.

Concentrou-se. Precisava fazer sozinho o que muito tempo antes duas tribos fizeram juntas.

Nita sentia uma força que nunca sentira antes. Era uma energia boa. Quando abriu os olhos, teve a impressão de ver Ubirajara, o pajé e muitos outros amigos. Os mortos estavam lhe dando forças. Ele só precisava canalizar a energia.

O Anhangá já ia embora, quando ouviu a voz de Nita, agora, mais forte que antes.

– Pare, demônio!

– Você? – vociferou o demônio, voltando-se para trás.

Uma aura azul envolvia o jovem. Com um gesto, o chão à frente de Anhangá explodiu. Dela, uma poderosa mão de terra o agarrou. O demônio se soltou com certa facilidade. Mas o sorriso em seu rosto sumira. Um pajé fora definitivo em sua clausura antes e não cometeria o mesmo erro de deixar um vivo agora.

O monstro fechou uma de suas mãos e Nita sentiu imediatamente lhe faltar o ar. Estava sendo estrangulado. Sentia que logo perderia os sentidos. Foi quando o demônio foi surpreendido. Vários índios surgiram de todos os lados. Lanças, flechas e pedras eram atiradas contra o corpo esquelético da criatura, que tirou o foco de Nita, o que lhe deu a chance de uma nova investida.

As árvores ao redor criaram vida e atacaram. Anhangá subestimara o jovem. Ele era poderoso. O demônio ainda não estava preparado para aquela batalha.

Nita aproximou-se com o pote de barro em mãos. Começou a falar numa língua que não entendia. Naquele momento sabia que Cauê falava através dele.

Anhangá, preso pelos galhos das árvores, começou a diminuir até voltar a ser o muiraquitã.

Nita o jogou dentro do pote. Recitou outro encantamento e uma amarra mística envolveu o artefato.

Estava acabado.

* * *

Anajé cumprimentou Nita.

– Obrigado, Nita. Vejo que o velho Cauê estava certo. Seu papel na tribo não é como guerreiro.

– É. Demorei pra perceber isso. Pena que foi tarde demais. Minha irmã precisou morrer para...

– Anahí? Morta? Quem disse?

– O demônio.

Antes que Anajé lhe desse a boa notícia, Anahí aparece correndo, gritando o nome do irmão. Os dois se abraçam.

– Enquanto o pajé e alguns guerreiros seguravam o Anhangá, fomos até a tribo vizinha e contamos o que acontecia. Eles seriam os próximos, então mandaram seus melhores homens para nos ajudar. A maioria das mulheres e crianças foi conosco.

Nita ficou emocionado. Mas ainda não havia terminado.

* * *

O buraco era fundo. Fizeram questão de fazê-lo bem longe do rio. O próprio Nita depositou o pote sobre a terra.

Enquanto a terra cobria o objeto, Nita pensava até quando ele continuaria enterrado. Que momento o destino escolheria para trazer o mal de volta.

Mas aqueles seriam outros tempos. Os indígenas terminaram o trabalho e se voltaram para a floresta. Nita bateu seu cajado no chão, recitou um último encantamento e deu as costas para o Anhangá.

Agora sim estava terminado.

Tukuxy Sasy irumo
GENARO

– Vamos logo, Isaura. Desse jeito chegaremos atrasadas.

Fazia duas horas que Isaura estava trancada em seu quarto se arrumando. Jaci aguardava a prima já impaciente.

– Calma, Jaci! Estou terminando – grita Isaura – Não sei porque tanta pressa. A formatura só começa em meia hora.

– A questão é se daqui a meia hora eu estarei lá ou aqui, ainda lhe esperando. Tome tento, menina! Meus pais já estão lá.

A porta se abre. Lá de dentro, sai uma menina, quase mulher, em um vestido de cetim, rodado e longo. O leque era item essencial naquela época do ano. O calor era insuportável.

– Nossa! Agora entendi o porquê da demora. Quem quer impressionar, prima?

– Ora, ninguém. Não posso me arrumar para a formatura de meu primo mais querido?

– Vamos! – Jaci puxa a prima pela mão.

A escola Universitária de Manaus ficava a poucas quadras dali. Uma charrete as esperava. O cocheiro, um senhor aparentando sessenta anos, as aguardava com a porta aberta. Com muito cuidado, ambas sobem, uma depois da outra.

Quando a charrete começava seu percurso, ao olhar pela janela, Isaura viu um moço alto, negro, olhando-a fixamente do outro lado da rua. Ele estava vestido em roupas velhas e sujas, o que lhe passava uma má impressão.

– Olha ele de novo, Jaci.

– Quem? - Jaci olhava, mas nada via.

– O negro que me segue por dias... – Jaci olha na direção apontada por Isaura.

– Não tem nada lá, prima.

– Mas tinha. Eu juro por tudo que é mais sagrado. Este negro não me deixa em paz. Se meu pai o pega, será um dia inteiro de açoite.

– Deve ser coisa da sua imaginação, Isaura. E pare de ser preconceituosa. A princesa deu alforria aos escravos há mais de vinte anos. E os açoites estão proibidos desde antes.

– Ora, prima. Todos sabem que a Lei Áurea não é cumprida em grande parte de nosso país. Por que haveria de o ser aqui em Manaus, neste fim de mundo? Hermes da Fonseca nunca voltou seus olhos para nós e com Wenceslau não será diferente.

– Lá isso é. Mas política é assunto para homens, Isaura. Deixemos essa preocupação para eles.

O resto do percurso foi feito em silêncio. Em poucos minutos, chegaram ao destino.

A escola estava toda enfeitada. Os convidados eram recebidos com muita pompa. Afinal, era a primeira formatura da turma de Ciências Jurídicas e Sociais da Universidade de Manaus.

Theobaldo, irmão de Jaci e primo de Isaura, era da turma de formandos. A Universidade de Manaus havia sido fundada em dezessete de janeiro de 1909, sob o nome de Escola Universitária Livre de Manáos, pelo então tenente-coronel do Clube da Guarda Nacional do Amazonas, Joaquim Eulálio Gomes da Silva Chaves. Foi ainda a primeira instituição de ensino superior do país.

Por isso, além dos formandos e de suas famílias, a alta sociedade também estava muito bem representada no evento (até porque a maioria dos formandos pertencia à alta sociedade manauense).

Adentraram a universidade e se dirigiram para o anfiteatro, onde a formatura aconteceria. Isaura chamava a atenção. E realmente era a mais bela dentre todas as convidadas.

De relance, atrás de uma árvore no jardim principal, pensou ter visto novamente o negro a vigiando. Olhou com mais atenção e nada viu. Sabia que os olhos muitas vezes poderiam enganar, ainda mais com a escuridão que baixava cada vez mais com a chegada da noite. Mas as visões do negro ficavam mais e mais freqüentes, fossem de manhã ou à tardezinha. Isso a preocupava. Mas a noite era de festa e logo afastou aqueles pensamentos.

O anfiteatro já estava cheio. Homens e mulheres espalhavam-se pelo salão, iluminado por lampiões. Theobaldo estava num circulo com outros rapazes. Pelo vestuário, também formandos. As duas moças aproximam-se.

– Prima. É você mesma? – diz Theobaldo – Quando você ficou tão linda?

– Sempre fui. Você que nunca reparou.

– Então estou precisando de óculos. – Theobaldo beija a mão de Isaura – Aquela mesa está reservada para vocês – diz ele apontando para uma mesa no canto do salão, onde seus pais já aguardavam a cerimônia – Está quase na hora. Tenho que ficar lá na frente.

– Vamos, Isaura – Jaci corre na frente. Isaura se contém um pouco. O motivo da hesitação em chegar à mesa era um jovem sentado algumas mesas à frente. Vestia um terno branco. O chapéu, também branco, dava um ar misterioso ao rapagão. Seu olhar era encantador, quase hipnótico. Conforme andava a passos lentos, Isaura o encarava e tinha a impressão que ele a acompanhava.

Continuou assim, perdida naquela pele alva, sem perceber por onde andava, até esbarrar em um homem.

– Desculpe, sen... – à sua frente, o mesmo homem que a observava em frente à sua casa. Isaura perde o ar por um momento. Tentou gritar, mas a voz não saía. Como as pessoas poderiam não notar aquela figura negra vestida em trapos no meio do salão? Desesperada, ela olha para a mesa onde estava o homem de branco. Ele não estava mais lá. Ao voltar os olhos para frente, percebera que o negro também sumira. O ar pareceu voltar a seus pulmões. Certificou-se, olhando para todos os lados, se não estava sendo observada.

– Isaura – a moça deu um pulo para trás, assustada – Calma prima. O que faz aqui, parada no meio do salão? – era Jaci, que se cansara de esperar na mesa e viera ver o que tanto segurava a prima – Vamos! Já vai começar – ainda perturbada, Isaura segue Jaci. As luzes se apagam. A festa iria começar.

Por ser a primeira colação de grau do país, o evento contava com as presenças ilustres do prefeito de Manaus, Dorval Pires Porto e do governador do estado do Amazonas, Jônatas de Freitas Pedrosa. A emoção de ver tantas pessoas importantes e de ver seu primo receber o diploma fez Isaura esquecer por um momento do negro e do jovem de branco.

Um grande baile teve início após o término da cerimônia. Jaci aproveitara a formatura do irmão para ficar perto de seu noivo, do qual estava prometida desde os doze anos. Os pais, todos orgulhosos do formando, não davam muita atenção para a filha naquele dia. Aproveitavam para fazer contatos que seriam úteis para o filho no próximo ano.

– Tem certeza que vai ficar bem? – perguntou Jaci a Isaura, aceitando o convite do noivo para uma dança.

– Claro. Pode ir – responde Isaura, que tentava refrescar-se com seu leque.

É claro que Jaci não teria apenas uma dança. Continuaria no centro do salão enquanto pudesse. Com isso, Isaura estava só. Quando já pensava em dizer à prima que iria embora sozinha, sente um vento frio soprar próximo ao seu ouvido. Parecia que sibilava seu nome. Um leve arrepio percorreu seu corpo.

– Isaura.

Lá estava ele sentado ao seu lado. O negro. Isaura leva um susto. Ele segura seu braço e aproxima o rosto do dela.

– Me solta, seu negro imundo! O que você quer?

– Venha comigo – responde ele com uma voz grossa, quase sobrenatural.

As pessoas ao redor pareciam não perceber o negro ali. Ninguém reparava em sua aflição?

– Senhorita? Você está bem?

Ao se virar, viu novamente o homem que chamara sua atenção. Seu perfume impregnara o ar. De alguma forma, lhe trazia paz.

– Sim. Eu... quem é você – pergunta ela, voltando os olhos e notando que o negro sumira novamente.

– José, a seu dispor – ele beija a mão de Isaura, sempre olhando em seus olhos – Me daria o prazer de uma dança?

Ela hesitou, mas acabou aceitando o convite. Os dois andam alguns metros e se dão as mãos.

– Nunca lhe vi por aqui. O senhor mora na região?

– Moro próximo ao rio Solimões.

– Não mora ninguém perto do rio Solimões. Pelo menos ninguém que seja interessante conhecer.

– A senhorita diz isso porque não conhece ninguém daquela região. Tenho certeza que mudaria de idéia se conhecesse nosso povo.

– Povo? Falando desse jeito, não fosse pela sua aparência, pensaria que vem de uma tribo de índios.

José abre o sorriso.

– Você tem alguma coisa contra os índios?

– Tirando o fato de que andam pelados e não sabem a diferença entre comer com a mão ou com a colher? Não.

– Você é muito linda. Seus olhos... eles se parecem com duas pérolas do rio.

Encabulada, Isaura desvia o olhar.

– Olhe para mim – diz ele carinhosamente – Vamos sair daqui. Vamos para outro lugar. Venha conhecer minha família.

Apesar de ser uma mulher determinada e à frente de sua época, Isaura sempre foi muito recatada quando a questão era o amor. Não se via conhecendo a família do rapaz no primeiro encontro, antes mesmo dele conhecer a dela. Mas havia algo naquele olhar ao qual era impossível dizer não.

– Claro. Vamos sair logo daqui.

Sem que ninguém prestasse atenção, os dois saíram na direção do jardim da universidade. A noite já caíra e a lua cheia brilhava no céu estrelado. Sua vontade era de sumir dali, de estar perto de José, estivesse onde estivesse. Não sabia por que esse desejo por alguém que acabara de conhecer, mas era como se não controlasse mais suas vontades.

Ao atravessarem os portões da universidade, Isaura se pergunta por que não ir de charrete. Estava à disposição. Mas esta dúvida ficou apenas em seus pensamentos. Não conseguia se expressar. As palavras não saiam.

Percebeu que estavam correndo. Pareciam em plena fuga. Correndo do que, ela não sabia, mas via a mata aproximar-se cada vez mais. Sempre agarrada à mão de José. Correram por quase uma hora, até chegarem à beira do rio Solimões. Pararam.

– Pronto, meu amor. Chegamos.

As águas do Solimões estavam calmas. O único barulho que se ouvia era o cantar dos grilos na floresta e o coaxar de alguns sapos à margem do rio. José e Isaura se olhavam, apaixonados. Sem perceberem, estavam sendo observados. Olhos vermelhos os vigiavam desde que saíram do baile. Uma risada sinistra ecoou na noite. As copas das árvores começaram a se mexer violentamente. Uma ventania sobrenatural saia da mata na forma de um redemoinho e parou a alguns metros do casal.

– O que faz aqui? – pergunta José ao negro que aparecia conforme o redemoinho ia sumindo. Isaura o reconhecera, mas ele não vestia mais trapos. Tinha apenas uma tanga e um gorro vermelhos. Havia também um cachimbo de madeira na boca. Só agora Isaura reparara que o negro se movia sobre uma perna.

– Você não achava que ia levar a menina tão facilmente, achava? Tenho seguido seus passos há dias, observando quem seria sua próxima vítima meu caro amigo boto.

– Vá embora, Saci! Não está em seu domínio para me dar ordens – com um gesto o Boto joga o Saci de volta à floresta.

A resposta do negrinho foi o ataque. Envolto por um novo redemoinho, o Saci parte para cima do boto, que não teve como se defender. Agora era o Boto quem voava contra o rio.

O Saci balançava Isaura, tentando tirá-la do transe imposto pelo Boto. Ele sabia que seu tempo era curto. O Boto contra-atacaria com força total e ele não estava preparado para uma batalha ali, às margens do Solimões. Precisava levar a luta para a floresta, onde teria uma boa vantagem. Um barulho vindo do rio chama sua atenção. Várias piranhas com os dentes à mostra voavam literalmente em sua direção.

O Saci puxa o máximo que pode de seu cachimbo e dá uma baforada na direção delas, que caem no chão uma a uma. Por trás da fumaça mística surge o Boto, que atinge um soco em cheio em seu adversário.

Começa a luta corpo a corpo. O Saci pulava de um lugar a outro, gargalhando a cada novo golpe no Boto, que muitas vezes acertava o ar, dada a agilidade do Elemental. Eram tantos socos, que o Boto não agüentou e tombou no chão. Estava vencido.

Isaura assistia a tudo impassível. De repente, sentiu-se novamente dona de seus movimentos. Olhava para o Boto no chão e para o Saci gargalhando com o cachimbo na boca.

O redemoinho voltara a envolver o Saci, que rapidamente também envolveu a sinhazinha. Isaura ouvia desde pequena as histórias de seu avô sobre sacis, curupiras, botos e outros seres fantásticos. Nunca imaginou que havia verdade nas lendas locais.

Dentro do redemoinho, ainda se lembrando das histórias de seu avô, Isaura tira o gorro do saci. Ele a olha com surpresa. O redemoinho some e a expressão moleque do Saci desaparece. Ajoelhado, ele parece hipnotizado em frente a Isaura. Ela olha para o gorro em sua mão.

– Então é verdade. O gorro dá os poderes ao saci – diz ela jogando-o no chão.

Seu amado estava bem machucado. Ele precisava voltar para o rio. Ajudou-o a levantar-se e, lentamente, caminharam para a margem do Solimões. Aos poucos, sumiram nas águas turvas do rio.

No baile, a única coisa que Jaci encontrara fora o leque de Isaura, a qual, mal sabia ela, nunca mais voltaria a vê-la.

Megatatuzão

– Mais pra direita! Assim, assim. Para! Volta um pouco e vem de novo. Isso. Tá alinhado. Pode parar agora.

O Megatatuzão estava finalmente montado e alinhado, de frente para a parede de terra que começaria a escavar dali a no máximo uma hora.

O Shield Earth Pressure Balanced chegou ao Brasil da Alemanha para as escavações da linha amarela do metrô de São Paulo. Desde então, tem sido utilizado em todas as escavações da empresa.

O Megatatuzão pesa 1,8 toneladas e tem 95 metros de comprimento. A trinta metros da superfície, a máquina daria prosseguimento à escavação da linha amarela.

Job era o engenheiro chefe da obra. *Os olhos do dono engordam o gado*, pensava. E estava certo. Uma obra como aquela não poderia ter margem de erro. Afinal, o que estava em jogo era a vida de dezenas de empregados, de milhares de pessoas que passariam por aqueles túneis quando estivessem prontos e, também, de sua carreira.

Fazia questão então de supervisionar cada parte da obra. E aquela era importante. O túnel ligaria as principais estações do metrô de São Paulo. Depois dos últimos incidentes na construção dos túneis há alguns anos, sua empresa não suportaria mais um escândalo.

Sua equipe estava preparada. Não era a primeira vez que faziam aquele trabalho. Mas o início era sempre mais difícil. As chances de ocorrer um desabamento eram sempre maiores. Depois de começado, o Megatatuzão abria caminho por debaixo da terra sem maiores problemas,

Job estava nesse trabalho há alguns meses. O engenheiro anterior havia pedido a conta e Job fora chamado às pressas para dar continuidade ao trabalho. Como morava na cidade de Jaboticabal, não tinha condições de ir e voltar todos os dias. Um fim de semana sim outro não, arrumava as coisas e partia para sua cidade para matar a saudade de seus filhos e esposa.

E faltavam apenas algumas horas. A esperada sexta-feira estava na metade. Não vira a hora de ver os ponteiros de seu relógio chegarem às cinco horas, quando entraria em seu carro e pegaria a estrada de volta para casa.

* * *

A limusine já era esperada. O cordão de isolamento feito pela polícia abria caminho para o comboio da PM, que escoltava o prefeito e o governador de São Paulo.

Ambos iam ao mesmo lugar: ao evento de abertura de um dos túneis que comporão a linha amarela.

Adversários políticos, não gostavam nenhum pouco daquela situação. Mas eram obrigados a se aturarem. *Ossos do ofício*, diziam.

No entanto diferente do clima de disputa, a sensação que se tinha era que os políticos estavam tensos. Algo em suas faces mostrava que estavam preocupados. Talvez, uma briga no veículo os deixara daquele jeito. A verdade é que, ao chegarem próximos às câmeras de TV, abriram o sorriso mais falso que tinham e toda a tensão ficou imperceptível. Com a ajuda de alguns aspones, desceram a escada que dava no túnel do futuro metrô.

Pela dificuldade em descer até o local, poucos repórteres – os das principais redes de TV – puderam registrar o momento.

– O quanto isso vai demorar? – sussurrou o governador impaciente.

– Depende do seu discurso. Se for objetivo, talvez menos que os quarenta minutos da última vez. – ironizou o prefeito.

– Estou falando sério, Bassab.

– Eu também, Deraldo. Isso tem que ser rápido. Você sabe que assuntos muito mais urgentes que esse nos aguardam.

– Eu sei. Mas temos que manter as aparências. Tirar o foco dos acontecimentos no interior. Nada melhor que uma obra pública de interesse geral.

Os dois políticos aproximam-se dos trabalhadores, cumprimentando-os um a um. O Megatatuzão os aguardava.

* * *

Estava pronto. O Megatatuzão só dependia agora da presença do prefeito e do governador. Ao ver um tumulto na entrada do túnel, Job sabia que haviam chegado.

Pediu então aos demais empregados que parassem o que estavam fazendo e aguardassem a chegada dos dois homens de estado.

Todos puseram-se à frente do Megatatuzão. Estavam ansiosos para começar a obra de fato.

– Finalmente esses caras chegaram, Job. O pessoal tá apreensivo.

– Eu sei, Minero. mas logo tudo isso acaba.

O prefeito e o governador aproximam-se. Sempre sorridentes, olham para o Megatatuzão atrás dos trabalhadores. Era enorme. Até assustador. Após mais alguns cumprimentos, o prefeito começou seu discurso. Como sempre, foi objetivo. Deu a palavra então ao governador. Job notara que Beraldo não fora tão eloquente como das outras vezes em que discursou. O governador estava nervoso. Parecia estar com pressa.

Beraldo era famoso por seus grandes discursos, todos cansativos, mas naquela tarde foi diferente. Beraldo precisou de pouco mais de cinco minutos para dizer tudo o que queria. Mas vinha a calhar. Quanto menos tempo durasse, melhor.

Ao terminar, os repórteres se amontoaram ao redor do governador, bombardeando-lhe de perguntas.

– Governador. O que pode dizer dos acontecimentos no interior? Há boatos de que pessoas estão morrendo vítimas de um vírus desconhecido. – perguntou uma repórter.

– Mentiras! Lorotas! Hoje em dia com o advento da internet qualquer coisa toma proporções muito maiores do que deveria. É apenas uma epidemia de gripe, nada mais.

Job ouvia com atenção. Não sabia dessa epidemia de gripe. Sua filha tinha rinite e, nessa época do ano, se entupia de remédios. Imaginava como estaria no meio de uma epidemia daquele tipo. Se bem que da última vez que falara com Maíra, sua esposa, ela não lhe dissera nada. Ou ocultara qualquer problema para não deixá-lo preocupado.

De qualquer forma, ainda naquele dia estaria perto de sua família. Qualquer problema seria resolvido.

Manteve os ouvidos atentos à entrevista.

– É verdade que o senhor vai acompanhar os primeiros metros percorridos pelo Megatatuzão, governador?

– Não, tenho alguns compromissos agendados para essa tarde, mas o prefeito Bassab acompanhará com prazer o início das obras.

Bassab fuzilou o governador com o olhar.

– Eu? Você perdeu a razão? – cochichou o prefeito – Não posso ficar aqui. Eu...

– Você fica. – interrompeu Deraldo – Alguém tem que ficar. Acompanhe o início. Mandarei o motorista buscá-lo em duas horas. Desviar o foco, lembra?

Bassab estava fulo da vida, mas sabia que seu adversário estava certo. Ambos sabiam que as coisas estavam para sair do controle. A mídia paulista era chata e precisava ser contida. Tinham se utilizado de toda sua influência para evitar que algumas notícias fossem veiculadas nos meios de comunicação nos últimos dias.

Enquanto o governador continuava sua procissão em direção à saída, Bassab parou, não acreditando que ficaria naquele buraco por mais algumas horas.

Job o observava, imaginando por que diabos o político ficara. Suportar Bassab naquela tarde não estava em seus planos.

– Minero! – chamou.

– Fala, Job.

– Traz outro capacete. Teremos visita.

* * *

Bassab vestiu os equipamentos de proteção. Sua intenção era acompanhar o início e depois ir embora. Não fazia questão que o vissem.

Job via aquela situação com preocupação. Seus homens eram, em sua maioria, simples. Sentiam-se incomodados com a presença do prefeito. Decidiu então reunir a todos.

– Pessoal, estamos juntos há pouco tempo, mas acho que já deu tempo de vocês me conhecerem. De minha parte, posso dizer que tenho o maior prazer em trabalhar com vocês. Estamos chegando ao fim. Esse túnel que estamos prestes a perfurar é o mais importante dessa linha, pois fará ligação com as grandes estações. Peço que se concentrem ao máximo. Mantenham-se focados. O que para a imprensa é um circo, para nós é trabalho. Temos a visita de nosso prefeito, que acompanhará o início da obra. – todos voltaram-se para Bassab, que voltou a exibir seu sorriso falso. – Enquanto estiver conosco, ele será tratado como um igual. Aqui é nosso habitat e o senhor prefeito está preso a nossas regras de segurança. – os operários balançaram a cabeça positivamente, concordando com se líder. – Nós cuidamos dele e ele cuida de nós. Senhor prefeito, seja bem vindo. Peço que fique sempre próximo ao Minero, que está ao seu lado. – Bassab concorda e, em silêncio, olha com certo receio para Minero, que se assemelha a um duende irlandês por causa de seu tamanho e tom de pele. – No mais, vamos colocar esse troço pra funcionar. Bom trabalho a todos!

Não houve aplausos, mas Job ficara satisfeito. Via nos olhos de seus comandados que o foco se voltara apenas para a escavação.

– Você é bom. Devia investir na carreira política. – a voz era irônica. Job virou-se para o prefeito, que se aproximara sorrateiramente.

– Nada. Deixo para os que têm estômago pra isso.

– Nunca diga nunca, meu rapaz. Não desdenhe da política. Ela está diariamente em sua vida em tudo o que você faz. Isso que você acabou de fazer, por exemplo, é política. Chama-se manipulação.

– Com todo o respeito, prefeito, mas o senhor não me conhece. Eu não sou manipulador. Sou um gestor. – indigna-se Job.

Dá na mesma, meu querido. Um bom gestor manipula seus comandados de forma que eles façam aquilo que ele quer. O político não é diferente.

Job suspira fundo. Não tinha tempo para discussões. Queria apenas começar logo o serviço e voltar para casa. A pergunta da repórter o deixara intrigado. O pior é que não conseguia falar com sua esposa há dois dias. Mas como a operadora de celular apresentava problemas constantes naquela região, imaginou que o silêncio era apenas momentâneo.

– Novamente, desculpas, senhor prefeito. Temos que começar os trabalhos. Peço que fique próximo àquele moço – disse Job apontando para Minero. O prefeito atendeu resmungando.

* * *

Tudo estava pronto. Os técnicos, do interior do veículo, deram a autorização para o início da escavação. Job deu o sinal pelo rádio.

Lentamente, a roda de corte do Megatatuzão de 9,5m de diâmetro começou a funcionar, aumentando sua rotação até chegar à velocidade máxima. Os freios foram soltos e a grande escavadeira começou a percorrer o caminho até a parede de terra.

A tensão no rosto de todos mostrava que o início não seria fácil. No momento em que a roda bate contra a parede, os técnicos sentem os tremores dentro da grande escavadeira. Qualquer erro de cálculo seria fatal.

Um baque é ouvido e a roda para. Por um momento, Job para de respirar. As pessoas começam a se olhar. Bassab pensa no tempo que estava perdendo ali embaixo.

Job já ia em falar ao rádio com a equipe do veículo, quando a roda volta a girar expurgando um naco de terra.

O grito de alegria de todos é instintivo. Job solta o ar aliviado. O Megatatuzão começara a escavação com sucesso.

* * *

Em três horas, o Megatatuzão já tinha avançado cerca de três metros. Conforme ia avançando, o veículo ainda fazia a montagem dos anéis do túnel.

– Pensei que isso ia mais rápido. – vociferou o prefeito impaciente.

– O bichão aí escava mais ou menos vinte metros em vinte e quatro horas, prefeito. – explicou Minero. – Ele é lento mesmo. Mas resolve.

– O maldito do carro já deveria ter chegado. – Bassab falou baixo e já não disfarçava seu mau humor. Se Beraldo queria irritá-lo, conseguiu seu intento. O prefeito andava de um lado para o outro, resmungando e chutando pedrinhas no chão.

Cinco horas da tarde e nada.

Job observava o prefeito, divertindo-se com a situação. Olhou para o relógio. A turma da próxima escala, que substituiria sua equipe, já deveria ter chegado.

– Job! – era Manolo, o supervisor da equipe de técnicos que operava o Megatatuzão falando pelo rádio. – Tá na escuta?

– Tô sim, Manolo! Pode falar.

– Encontramos algo. Entra aqui.

Entretido com as desventuras do prefeito, Job não percebera que os motores da escavadeira haviam parado. Subiu em uma das escadas que dava acesso ao teto do veículo, abriu uma escotilha e adentrou o vagão.

Manolo já o aguardava.

– O que aconteceu?

– Acho que aquele mapa estava errado, Job.

– Por que?

– Vem ver isso.

Job acompanhou Manolo até a cabine de comando. O Megatatuzão possuía um vidro frontal onde se podia ver à frente. Job apoiou-se em um degrau para ter uma visão melhor. Estava tudo o mais puro breu.

– Não estou vendo nada, Manolo.

– Ah! Desculpa. – Manolo apertou um botão no painel e uma luz forte iluminou tudo à frente.

Job esfregou os olhos. A imagem continuava lá. Virou-se então para Manolo e deu a ordem.

– Traga o prefeito aqui! Agora!

* * *

– Como é que eu vou saber o que é isso? São vocês que têm o mapa. – esbraveja o prefeito.

– Esse mapa é da Prefeitura. Não é possível que isso não seja do conhecimento de vocês.

– Pois é. Não é. Admita que os cálculos estão errados. Seus técnicos falharam.

– Nunca! Simplesmente não deveria haver nada aqui além de terra. – as veias na testa de Job saltaram. Sua vontade era de esmurrar a cara de Bassab.

– Calma, Job – disse Mineiro. – Vamos ver o que tem lá primeiro. Deve ter uma explicação.

Job respirou fundo e concordou com a cabeça.

– Puxem a escavadeira pra trás. Deixem as luzes ligadas. Vamos explorar.

* * *

Bassab não iria mais esperar. Sairia daquele lugar o mais rápido possível, nem que fosse de ônibus. Estava cheio daquelas pessoas. Pensaria depois em dar o troco a seu adversário político. Deixá-lo ali, sozinho, se ter como ir embora... Beraldo teria o troco.

E quem era aquele engenheirozinho de merda pra falar daquele jeito com ele? Bassab subiu a escada presa à parede rapidamente, movido pelo ódio.

Estava escuro lá em cima. Uma coisa chamara a atenção do prefeito: o silêncio. Aquela era hora do pico na cidade de São Paulo, onde os congestionamentos chegavam a pelo menos 180 quilômetros todos os dias. O som dos motores e das buzinas era ensurdecedor. Mas nada era ouvido. Nem carros, nem pessoas.

A obra era protegida por um muro de madeira, que cercava todo o local e por uma fita delimitando uma área de segurança, evitando que algum carro ou pessoa viesse a cair por falta de sinalização.

Por isso, quando Bassab saiu do buraco, não conseguia enxergar a rua. Caminhou então a passos largos na direção do portão que dava acesso à saída.

Ouviu alguns gemidos. Diminuiu o passo, tentando identificar o barulho. Quanto mais se aproximava da proteção de madeira, mais ficava claro que realmente eram gemidos.

Talvez algum mendigo. Essa cidade está cheia deles. – pensou.

Bassab abre a porta de uma vez. Descobriu então a origem dos gemidos, bem ali, à sua frente.

* * *

Job e Minero entraram no túnel cavado pelo Megatatuzão, agora livre, pois a máquina fora retirada.

– Não dá pra acreditar nisso. Esse lugar não deveria estar aqui. – Job adentrou o salão iluminado pelos faróis do Megatatuzão. Minero vinha logo atrás. – Que lugar é esse?

– Parece uma estação do metrô – respondeu Minero.

– Mas não tem estação do metrô aqui.

O lugar era grande. Tinha três plataformas, lembrando realmente uma estação do metrô, mas num estilo de arquitetura já não utilizado hoje em dia. Muitas teias de aranha e pó espalhados por todo canto. Era possível ver os ratos passeando de um lado para outro, escondendo-se da claridade momentânea.

– O pior é que é mesmo uma estação de trem ou metrô. – concluiu Job.

– Deve ser uma estação abandonada. Li em algum lugar que existem duas ou três estações de metrô construídas no governo do Maluf nestas condições. Estações fantasmas. – completou Minero.

– Mas por que não estão no mapa.

– Foram abandonadas, chefe. Fazem mais de vinte anos que foram construídas. Ninguém mais lembra delas. E agora?

– Agora? Vamos embora. Dispensa o pessoal do turno que entrou há pouco.

– Não dá.

– Por quê?

– Porque não chegou ninguém ainda.

– Verdade. Na confusão, esqueci desse detalhe. O que será que aconteceu? Bom, liga pro supervisor da noite. Ele deve saber. Eu preparo o relatório.

Minero obedeceu e saiu do salão. Job ainda deu uma volta no lugar antes de sair. Viu alguns tapumes de madeira funcionando como parede em uma plataforma. Deu meia volta e saiu. *E vamos embora. Minha família me espera.*

* * *

No primeiro momento, Bassab ficara imóvel. Só imaginava ver uma cena daquela em filmes de terror. Passou pela sua cabeça aquilo ser uma brincadeira. Uma daquelas passeatas de jovens que não têm nada pra fazer e acabam se pintando das coisas mais horrendas possíveis pra chamarem a atenção.

Mas não era época. Aquele homem com uma parte de seu rosto faltando bem à sua frente parecia bem real. O sangue escorria de seu rosto e manchava sua camisa branca social, tingindo-a de um tom rubro. Ao vê-lo, o homem correu em sua direção, tropeçando na fita de proteção. Outros perceberam a agitação e viram Bassab, que só então acordou de seu transe. Ainda tentou fechar a porta, mas como o que a prendia era uma corrente com cadeado, não daria tempo de passá-la pelo buraco.

Segurava a porta e sentiu o primeiro baque. Depois outro e outro. A pressão daqueles seres que ele ainda não sabia o que eram tornara-se insustentável. Bassab, então, largou a porta e correu.

* * *

– Como assim não conseguiu? – perguntou Job a Minero.

– Ele não atende o celular. Toca até cair na caixa postal. Já liberei o pessoal. Não tinha sentido segurá-los na hora extra sem ter o que fazer.

– Fez bem. Bom, vamos lacrar a obra. Vou entrar em contato com a empresa de segurança pra mandar um vigilante pra cá.

* * *

Bassab descia as escadas. Na urgência da situação, pensou em se jogar no chão, mas a queda daquela altura certamente o deixaria com alguns ossos quebrados. O primeiro deles apareceu no topo da escada.

Mas algo estranho aconteceu. Ao invés de descer a escada como qualquer um faria, jogou-se em sua direção em queda livre. Não tirasse o corpo um pouco de lado, ambos teriam se estatelado no chão. E atrás dele vieram outros. Parecia um concurso de saltos ornamentais, tirando-se a graça do salto. Um a um, Bassab os viu espatifarem-se no chão. Mesmo assim, ainda emitiam aquele som horrível e continuavam a se contorcer.

Em pouco tempo, abaixo dele havia um monte de corpos. Os que caíram por cima dessa massa disforme, amortecidos pelos corpos dos outros, levantavam-se e tentavam alcançá-lo. Mas Bassab encontrava-se no meio da escada. Acima, as pessoas tropeçavam umas nas outras e mais caíam no buraco. Bassab notou que não eram apenas homens. Mas mulheres, crianças, idosos... enfim, pessoas de todos os tipos, com todo tipo de deformação. *Seria o fim do mundo?*, pensou. Por um momento, arrependeu-se de seus pecados. Por um momento.

Foi então que, perdido em seus pensamentos por apenas um instante, esqueceu-se do perigo acima. A mão de um jovem, ainda adolescente, agarrou-se a seu ombro. Bassab não aguentou o peso e despencou rumo à morte.

* * *

Os trabalhadores finalmente voltariam a suas casas. Alguns retornariam ao trabalho naquele sábado, mas a grande maioria teria o fim de semana livre com família ou amigos. Brincavam uns com os outros. O assunto do momento era o clássico paulista entre Corinthians e Palmeiras que aconteceria no domingo.

O caminho pelo túnel era escuro, pois as luzes, que geralmente eram acesas pelo turno da noite, estavam totalmente apagadas. A única luz vinha da clareira à frente, onde estava a escada. Era a luz da lua. De repente, um deles estancou.

– O que é aquilo?

Apesar da escuridão, podia-se ver alguns vultos vindo em sua direção.

– Deve ser o pessoal do turno da noite. – concluiu outro. – Finalmente chegaram.

Os vultos eram rápidos. Mesmo aqueles que mancavam, quase corriam. Alguns, arrastavam-se pelo chão, mas esses não eram vistos pelo grupo. Mateus, um jovem técnico que vinha à frente, foi quem se dirigiu aos recém chegados.

– Caraca! Por que demoraram tanto? Nem adianta essa pressa. O Tatuzão tá parado...

Ele não conseguiu terminar. O vulto foi direto em seu pescoço como um cão raivoso. Foram pegos de surpresa. O jantar estava servido.

* * *

Job tentara o contato com sua esposa mais uma vez, sem sucesso. Ainda estava incomodado com a pergunta da repórter ao governador no início daquela tarde. Tinha medo que sua família tivesse sido acometida pela doença. E o trabalho ainda o prendia ali. Não podia deixar tudo abandonado, pois qualquer coisa que acontecesse com o equipamento seria responsabilidade sua.

– Job. Não consigo falar com a empresa de segurança. Deve estar acontecendo algum problema com o telefones. Só dá rede ocupada.

– É, eu percebi. Também não consigo falar com a Maíra. Vamos fazer o seguinte...

Job é interrompido por gritos. Um dos empregados da obra, um homem de quase quarenta anos, negro, com bom porte físico, aparece desesperado e sangrando.

– Viana! O que aconteceu, cara? – pergunta Minero. – E que sangue é esse?

Viana tinha a roupa rubra. O sangue escorria de seu braço direito, mas não dava pra saber se era seu ou de outra pessoa. O homem agarra-se ao colarinho de Job, que fica sem reação.

– Job, tira a gente daqui! Eles estão vindo! Eles estão vindo!

– Quem está vindo, Viana? E os outros?

Mas Viana estava fora de si. Soltou o engenheiro e subiu a escada da escavadeira, abrigando-se depois dentro do Megatatuzão.

Mal tiveram tempo de se recuperar do susto, Job e Minero ouviram passos trôpegos aproximando-se pelo túnel. De uma hora para outra, um arrastão daqueles seres horrendos apareceram e, logo que viram os dois, partiram em sua direção. O senso de perigo de Job lhe dizia, que caso ficasse ali, algo muito ruim aconteceria. Puxou então Minero pelo braço.

– Vem Minero! Vamos pra escavadeira.

Os dois subiram a escadinha a tempo, mas por pouco Minero não foi agarrado pelo pé. Os dois ficaram estarrecidos com o que viam.

– Eles parecem... mortos. – disse Job estarrecido.

– Essas porras são zumbis, Job.

– Isso não existe, Minero. Deve ter uma explicação plausível. Mortos não andam, não gemem.

– Você tem outra explicação?

– Pode ser uma doença ou abriram as portas do hospício. Sei lá.

– Olha aquele cara ali atrás. – Minero apontou para um homem baixo, de terno, que tinha suas vísceras penduradas. – É o Prefeito.

Job olhava assustado para o homem. Era mesmo o prefeito. Ele acabara de falar com ele, não fazia mais que quinze minutos. – Vamos. Vamos entrar. – E ambos entraram no interior do Megatatuzão, tomando a precaução de fechar a escotilha. Estavam presos.

* * *

Viana estava sentado em um canto, catatônico. Minero estava em estado de choque. Job era o único que ainda raciocinava, mas custava a acreditar no que tinha visto. Mortos andando e perseguindo pessoas? Só se via coisas assim em filmes de terror. Por um instante, esboçou um sorriso, ao pensar no triste destino do prefeito. Nem seu poder, ao qual ele dava tanto valor, conseguiu lhe salvar. Mas só por um instante.

Estavam trancados ali. Lembrou-se então que estavam próximos a uma estação abandonada. Quem diria que aquele empecilho poderia ser sua salvação? Olhou pelo vidro e não viu nenhum zumbi – até que encontrasse um termo melhor para definí-los, usaria o designado por Minero – no galpão.

– Minero, você sabe ligar esse troço?

– Posso tentar. Por que?

– Vamos fechar esse túnel. Pode ter uma saída aí na frente.

Minero apertou alguns botões e o Megatatuzão começou a funcionar. A grande roda iniciou sua rotação.

– Avança até que dê pra abrir a escotilha. Assim, ninguém além de nós poderá entrar aí.

Minero obedeceu. As batidas do lado de fora aumentavam. Haviam chegado mais zumbis. Job, concentrado na visão à frente, não notara a aproximação de Viana, que atacou violentamente Minero pelas costas, arrancando um naco de carne de seu ombro e jogando-o contra o painel de controle.

Job momentaneamente ficou sem ação. Passado o susto do primeiro impacto, tentou tirar Viana de cima do amigo, agarrando-o por trás. O zumbi se contorcia. Sua força era descomunal. Não o seguraria por muito tempo. Minero aproveitou a ajuda providencial de Job e se soltou. Pegou uma barra de ferro que estava no chão e acertou Viana por várias vezes na cabeça, até que ele desfaleceu.

– Eu te disse. É um zumbi. E você só derruba um zumbi acertando sua cabeça. – disse Minero, com a barra de ferro pingando sangue e miolos em sua mão.

O Megatatuzão, sem uma barreira de terra à sua frente, deslizava mais rápido que o normal. Durante a briga, ele continuou a avançar túnel adentro.

– Para a escavadeira! – gritou Job. Minero correu para os controles.

– Não dá! O painel foi danificado.

– Vamos sair daqui logo!

Ambos subiram pela escotilha. Em menos de um minto, o Megatatuzão estaria completamente no galpão e abriria caminho para uma horda de zumbis. Os dois pularam no chão.

– Não tem saída daqui. Estamos presos do mesmo jeito.

– Não, Minero! Tá vendo aquela plataforma? – disse Job apontando para a plataforma à direita. – Deve ter uma saída atrás daqueles tapumes. Vem!

Job, deu alguns passos, mas percebeu que Minero não se movera.

– Não fica aí parado, Minero! Logo eles vão entrar!

– Job, vai você.

– Como é? Você tá louco? Eles vão te matar.

– Eu já estou morto. Você nunca viu filmes de zumbis? Quando um te morde, você vira um também.

– Cara, desencana. Isso não é um filme.

– Não, Job. Eu posso sentir essa merda na minha corrente sanguínea. A temperatura do meu corpo tá subindo. Logo serei um deles que nem o Viana. Vai embora. Eu seguro eles mais um pouco. Vai ver sua família.

Job não queria deixar Minero ali, à mercê daquelas coisas, seja lá o que elas eram. Mas sabia que, de alguma forma mórbida, seu amigo estava certo. Job correu na direção da plataforma. Avaliou os tapumes. Estavam podres. Deviam estar ali realmente há muito tempo. Enfiou os dedos entre dois deles e puxou. Atrás, uma parede de concreto.

– Não pode ser.

Arrancou mais um. E mais um. Enquanto isso, a escavadeira já estava toda dentro da estação fantasma e os primeiros zumbis avançavam na direção de Minero. A doença era rápida, pois não houve muita reação. Em poucos segundos, o jovem fora subjugado.

Job começou a bater a mão nos tapumes, tentando encontrar um oco, que poderia ter a certeza de que teria alí uma saída. Os zumbis retardatários não demoraram a percebê-lo e trataram de encaminhar--se em seu encalço.

Em um dos tapumes, Job notou algo diferente. Uma corrente de ar passava por ali. Sem cerimônia, atravessou a mão pelo vão e puxou o tapume, que veio abaixo.

À sua frente, mais um túnel. Sem pensar, pulou. Era o túnel do metrô. Foi à esquerda. Em algum momento encontraria alguma estação. Após alguns metros, viu, iluminada, uma plataforma. Finalmente sairia daquele inferno.

Atrás de si, ouviu passos. Precisava continuar correndo. Na estação encontraria ajuda. No entanto, o que encontrou não foi o que esperava. Não havia ninguém. A plataforma estava deserta. A placa indicava que estava na estação República do metrô. Subiu a escada rolante. Precisava chegar urgentemente à civilização e descobrir o que estava acontecendo.

Ao sair na Praça da República, Job estacou. Não estava preparado para aquilo. A praça estava tomada, mas não de pessoas. De zumbis. Ao longe, ouvia tiros, sinal de que ainda havia vida lá fora.

Não podia voltar pra trás. Teria que chegar ao seu carro, que estava a alguns quarteirões dali, e tentar encontrar sua família no interior.

O terror para Job estava apenas começando.

Este livro foi impresso em papel pólen bold na Renovagraf em Agosto de 2016.